A LUA NA CAIXA D'ÁGUA

MARCELO MOUTINHO

A LUA NA CAIXA D'ÁGUA

malê

Copyright © Marcelo Moutinho, 2021.
Todos os direitos desta edição reservados à Malê Editora
Direção: Vagner Amaro & Francisco Jorge

A lua na caixa d'água
ISBN: 978-65-87746-31-9
Foto de capa: Márcia Folleto
Designer de capa: Victor Marques
Revisão: Bárbara Mussili
Diagramação: Maristela Meneguetti
Edição: Vagner Amaro

Texto revisado segundo o novo Acordo Ortográfico da Língua Portuguesa. Proibida a reprodução, no todo, ou em parte, através de quaisquer meios.

Dados internacionais de catalogação na publicação (CIP)
Vagner Amaro – Bibliotecário - CRB-7/5224

M896l	Moutinho, Marcelo
	A lua na caixa d'água / Marcelo Moutinho.
	Rio de Janeiro: Malê, 2021.
	160 p; 21 cm.
	ISBN: 978-65-87746-31-9
	1. Crônicas brasileiras I. Título CDD B869.8

Índice para catálogo sistemático: I. Crônica: Literatura brasileira   B869.8

2021
Editora Malê
Rua do Acre, 83, sala 202, Centro, Rio de Janeiro, RJ.
contato@editoramale.com.br
www.editoramale.com.br

Para o Aldir Blanc, que via a lua nas caixas d'água.

Para a Lia, sempre.

"Se alguém já não tem a terra, mas tem a memória da terra, então sempre pode fazer um mapa"

Anne Michaels

Sumário

Turbilhão de estrelas pequeninas

A lua na caixa d'água 15

Primeiras impressões sobre Lia 17

Caligrafias 19

Domingueira 21

Revista do Madureira 23

Réquiem para uma casa 25

O vocabulário da gravidez 27

Escritores e suas estantes 29

Entendeu, Pedro Bó? 33

As canções dos livros 35

Falta de assunto 37

O primeiro dente 41

Círculo do Livro 45

Sonhos feitos de brisa 47

Receita de miojo 49

Palmito 51

Minnie Velha 53

As fotos morrem jovens 55

Tem dias 57

Chaveiros e canecas 59

Imprecisão eloquente 61
Meu pai me disse 63
O mistério do joelho 67
Pípi, Mími, Vóvi 71
Um abraço 75
Piso de cacos 77

Essa cidade pecaminosa e aflita

Conversa fiada 83
Tarde no Centro 87
Pequena ilusão de eternidade 89
Jota Efegê e a Sebastianópolis 91
As ruas de Loredano 95
Chama etílica 97
Pega o Zico 99
Futebol de poesia 101
Livreiros e livrarias 105
Um bar para chamar de seu 109
Sambas que se apagam 113
Nota zero para "Heróis da liberdade" 117
A nobre arte de ouvir 121
Malabares e laptops 125
Centenária e encantada 129

Bala e balé 133
Cabelo novo 137
Realejos 141
Vento 143
Baluarte com artigo feminino 145
A Bulgária é aqui 149
A casa e o passarinho 151

Uma carta para 2065

Querida Lia, ...153

Turbilhão de estrelas pequeninas

A lua na caixa d'água

Num de seus livros, Aldir Blanc lembra a noite de verão em que estava sozinho no quarto, às voltas com um pesadelo, quando o avô o chamou. Propôs que fossem ao quintal. Ao lado do tanque, seu Antônio encostou a escada e escalou os degraus até a caixa d'água. Depois puxou o menino pelas mãos, para então afastar a tampa, apontando para dentro:

— Olha...

Ao flagrar a imagem da lua cheia refletida na água, o pequeno Aldir ergueu os olhos no sentido oposto. Virou-se para o céu.

— É a lua!

— Aquela, não. Aquela é gelada, feita de pedras, uma espécie de vulcão extinto — respondeu o avô — Essa aqui, dentro da caixa d'água, é a lua da Zona Norte. Põe a mão nela...

Tão distante na imensidão, a lua cheia de repente estava ali ao lado, passível de toque, trêmula e morna. Essa efígie ressoaria na obra do futuro escritor e compositor, na qual o sublime e o chinfrim conviveram sem estrondo. Mais que isso: estiveram amalgamados a ponto de não conseguirmos distingui-los.

Na ode ao poluído Rio Maracanã, composta com Paulo Emílio, Aldir pede que se injete em suas veias o soro de "pilha e folha morta", de "aborto criminoso, de caco de garrafa, de prego enferrujado". O lixo da cidade, cuja capa foi retirada, se deixa ver sem enfeites. A água turva se converte em sangue. Que circula, dentro do cronista, no curso de um rio particular.

"Meu quintal é maior do que o mundo", escreve Manoel de

Barros a propósito da enormidade desses universos construídos dentro de nossas histórias miúdas. Como a da amoreira que a mãe plantou nos fundos de casa na época em que eu crescia dentro de sua barriga.

A gravidez lhe despertara o desejo por amoras. Quando nasci, logo notaram que havia um sinal escuro, e alto, na cabeça do bebê. A mãe adorava repetir que ali estava a amora tão ansiada. A mesma fruta de sabor agridoce na qual outro poeta, o português Herberto Helder, experimentou "o entusiasmo do mundo".

Volto ao Aldir. Agora, em parceria com Moacyr Luz. Os versos de uma separação que, doloridos, transitam pelos botequins mais vagabundos, correm ladeira abaixo até que as coisas se definam "como são": a ilusão, um vício; as estrelas, pequenos incêndios na solidão. Nada mais.

Talvez porque estejam lá, a trilhões de quilômetros, e esqueçamos de suas dobras. Da bagatela que, por vezes, acende a transcendência.

Um samba do Cartola, mãos dadas no cinema, o primeiro olhar de um bebê. A luz que bate no fim da tarde, cobrindo as pessoas de um dourado sutil. O cheiro do café assim que fica pronto. O primeiro beijo. Os ipês amarelos quando florescem. Massagem nas costas. Pestana depois do almoço. Um lalaiá da Ivone Lara. Aroma de maresia. O primeiro amor, ainda que nem seja amor. Pixinguinha tocando flauta, cafuné da mulher amada. O cheiro do pão que sai do forno, corrida na chuva, goiabada com queijo. Ou a lua cheia projetada no espelho precário de uma caixa d'água sem tampa em Vila Isabel.

Primeiras impressões sobre Lia

A imagem é cinza, difusa. Lembra a tela da TV quando não tem canal sintonizado. O entorno é de um preto opaco. Na parte de baixo, há letras e números brancos que dizem nada para quem não sabe decifrá-los. De repente, algo se move em meio ao cinza. Uma pequena esfera, e mais outra. À direita, duas minúsculas manchas claras batem-se contra o que parece ser o limite do espaço, irradiando o movimento de modo a juntar todos aqueles círculos num só elemento. Há um contorno, agora levemente preciso. O bebê.

Para o pai de primeira viagem, a sessão inaugural de ultrassonografia é um exótico amálgama de sentimentos. Ansiedade — pelo momento em que enfim a palavra ganha o estatuto de imagem. Temor — de que não esteja tudo bem com o desenvolvimento do feto. Alegria — pelo simples fato de ver, ali, o futuro que reescreve a vida toda.

O primeiro exame fora em dezembro. A partir de então, fizemos um a cada mês. As descobertas chegavam como carretel que se desenrola sem pressa. Não é o bebê, é a bebê.

Se antes ela contentava-se em ficar quieta, no aconchego da placenta, pouco a pouco foi aguçando a agitação. Chutes discretos que se tornam bicos. "Parece que está dançando funk", dizia a mãe. "Mas se acalma quando como Bis com morango". Eu só podia adivinhar.

Aos cinco meses, nova ultrassonografia. Daquela vez um exame mais completo, que passeia por todos os órgãos. O coração, antes tão acelerado, diminuíra o compasso. Os membros estavam no tamanho normal. Ossos, fígado, mãos, tudo de acordo com o esperado para a idade.

A bebê, contudo, não se mostrava de todo. Foi preciso que a médica deslizasse o aparelho pela barriga de Juliana por longos minutos até que a encontrasse na posição que o equipamento pode captar. Em determinado instante, conseguimos. Ela estava de perfil e o corpo se desenhava com alguma nitidez. Cabeça unida ao tronco pelo pescoço. Na sequência, as pernas e os pés, sempre inquietos.

— Qual o nome? — perguntou a médica.

— Lia — respondeu a mãe, e nossas dúvidas se desfizeram. A bebê estava batizada. De pronto, a doutora registrou o nome na tela.

Ao término do exame, fotografei a ultrassonografia com o celular. Enviei para meus irmãos, para a mãe. "A Lia é a sua cara. O nariz, a ossatura, é muito marcante", comentou Juliana. "Mas ela nem nasceu ainda", retruquei, fazendo troça. No fundo, acho que cobiçar semelhanças físicas é uma vaidade besta.

Importante mesmo era que, dia após dia, o borrão cinza do primeiro exame destacava-se do fundo negro, ganhava forma. Lia, a nossa pequena, estava a caminho.

Caligrafias

— O Paulo escreveu à mão!

A frase com jeito de espanto referia-se ao texto da orelha do livro *O meu lugar*, que a Mórula encomendara ao compositor Paulo César Pinheiro e recebia naquele exato momento. O alarido da editora Marianna Araújo ao telefone se justificava. Trabalho direta ou indiretamente com livros há vinte anos e nunca havia me deparado com um manuscrito digno do nome. Desconfio que nem ela.

O texto estava registrado numa folha pautada, dessas de caderno escolar. Em letra arredondada, miúda, o poeta falava dos bairros onde morou ao longo da vida. Ramos, Jacarepaguá, São Cristóvão, Leblon, Jardim Botânico, Recreio, Laranjeiras. O traço irregular, que teima em não acompanhar a linha, humanizava o relato. Ao fugir do desenho impecavelmente delineado da fonte do computador, tornava-se mais pessoal, íntimo.

Nos meus tempos de escola, escrever à mão era o usual. Cheguei, ainda bem pequeno, a tentar o caderno de caligrafia. Um bloco que lembra pauta musical e no qual você deve reproduzir textos, sempre no limite entre as linhas. À minha letra, diziam, faltava harmonia. Equilíbrio estético. Vá lá: beleza. E o tal caderno iria resolver o problema.

O esforço não durou. Primeiro, porque era chatíssimo copiar frases, as mesmas frases, que perdiam o sentido na esteira da redundância. Ademais, em minha arrogância de moleque, achava que a pouca legibilidade significava distinção. Mérito, portanto.

Mas sempre impliquei mesmo com caligrafias muito certinhas. Aquela espécie de letra que serve à perfeição estética, ao propósito do entendimento, mas à qual falta, sobretudo, originalidade. Não entendo de grafologia, a arte da análise da escrita, mas nessa seara não mudei tanto. Ainda hoje, quando se trata de manuscritos, prefiro a imprecisão ao pragmatismo.

Penso nos traços de Vinicius de Moraes, o "r" e o "l" de bordas incompletas, o "d" que nunca se fecha em si mesmo. Nas palavras em desalinho de Clarice Lispector, cujos originais guardam rabiscos, desistências, trocas. Em Machado de Assis e os caracteres que parecem se evitar, manter certa distância entre si, mesmo na escrita cursiva.

Com o passar dos anos e a prática constante do computador, minha caligrafia ficou ainda mais intransponível. É quase um código secreto, cuja senha guardo comigo.

Nos lançamentos de livros, quando inevitavelmente preciso recorrer à caneta, procuro escrever com capricho e vagar. Quero que as pessoas compreendam o teor de cada dedicatória, possam decifrar meus rabiscos. De tão fora de forma, a mão chega a doer.

Hoje não sei como é a letra da grande maioria dos meus amigos. Se os vocábulos se equilibram, caudalosos, sobre um fio imaginário ou insistem em dançar em sincopado, ignorando o trilho. As curvas, a cadência, as hesitações, estão todas escondidas sob a forma fixa da tipografia.

Domingueira

O domingo é de alegria, diz o samba-enredo que a União da Ilha levou à Avenida em 1978 e, como se falava outrora, caiu na boca do povo. Os versos de Aurinho da Ilha, Ione do Nascimento, Adhemar e Waldir da Vala saudavam o primeiro dia da semana, aquele no qual, conforme reza a Bíblia, Deus deu tratos à bola na exaustiva empreitada da Criação. Hoje, em nosso imaginário, o domingo mais encerra do que inicia a semana.

Pois o samba da União da Ilha acorda junto a ele, o domingo, quando o poeta chama a amada à janela para ver o sol nascer. "Na sutileza do amanhecer / um lindo dia se anuncia", promete-lhe, otimista, o compositor. Para o cronista Paulo Mendes Campos, o trabalho preparatório deve começar antes mesmo de a primeira luz se lançar casa adentro, no prenúncio do límpido incêndio que "debruará de vermelho quase frio as nuvens espessas". No domingo, como se vê, é preciso se estar com as janelas bem abertas. Desde a véspera.

Mas, enquanto o sambista anseia rua, o cronista quer apenas o café — e os jornais. Encontram-se depois, se for o caso, na praia. Sem combinar. Porque estamos no Rio de Janeiro. E porque o domingo é, inequivocamente, diurno como a boemia dos notívagos de fígado já castigado. Beba-se a qualquer motivo, guardando a madrugada para o descanso.

Ainda que o domingo seja também de sono excessivo, um almoço esticado que quase toca o crepúsculo. Dia de comer, defendia o mesmo Mendes Campos, tudo o que o médico e o regime desaconselham. Bolo de cenoura com calda de chocolate, pães variados, presunto cortado bem fino, profiteroles. Depois, com a barriga já cheia, correr atrás das gatas como se uma delas fôssemos, fazendo algazarra pelos corredores do apartamento. E barulho. Até que, exaustas, elas se dobrem sobre as almofadas, pelo e tecido indiscerníveis. As gatas vivem um domingo eterno, de dar inveja.

No sábado, afirmava o poeta Vinicius de Moraes, há casamentos, suicídios, incestos, regatas, discórdias, tensões, vampiros. O domingo é pluma que se deixa levar, haja vento ou não. "O erro das pessoas que saem à rua numa tarde de domingo é esperar que aconteça algo", salientou outro cronista, Rubem Braga. "O domingo não é um acontecimento, é um estado de seres e das coisas", dizia.

Mas as horas se sucedem, ainda mais apressadas porque o dia é de fazer nada. Parecem suspirar pela segunda-feira, quando serão novamente lembradas o tempo todo, nos rabiscos da agenda, no batuque marcial dos compromissos. As horas só existem se são números.

Nas frestas do silêncio, então, uma pequena morte se assanha. Ameaça tomar de assalto. Ocorre em geral à noitinha e é fundamental não lhe dar ouvidos. O amanhã fica para amanhã. Busque-se um filme na TV, revisite-se o disco que não se escuta há muito, abra-se um livro ou uma cerveja. Qualquer coisa que nos diga, como sugeriu Mendes Campos, que o mundo está errado, que o mundo devia, mas não é composto de domingos. E, se vale o alento, tampouco de segundas-feiras.

Revista do Madureira

Das coisas boas da mudança: remexendo no armário mais alto do apartamento, encontrar um punhado de exemplares de *O Tenista*, a revista do Madureira Tênis Clube. São edições de 1967, 1968 e 1969, época em que a instituição era presidida por Francisco Baptista, que vem a ser meu tio-avô. Após sua morte, há alguns anos, ninguém se interessou e acabei ficando com elas.

O Madureira Tênis existiu de 1944 a 1971, quando, após fusão com o Madureira Atlético e o Imperial, daria origem ao Madureira Esporte Clube — este mesmo que disputa hoje o campeonato estadual de futebol. E as marcas da antiga entidade estão até hoje na camisa daquele que ficou conhecido como o Tricolor Suburbano. O azul veio justamente do Madureira Tênis.

As edições de *O Tenista* permitem uma viagem pelos usos e costumes da época, sobretudo no subúrbio carioca. Muitas das páginas são dedicadas à programação social do clube, anunciando concursos de fantasia, curso de balé, torneios de vôlei e frescobol — que o redator chama de "babytenis". No destaque, um comunicado sem verniz politicamente correto "Aos Srs. Obesos": "A partir dêste mês o Departamento de Esportes realizará sessões de ginástica recreativa e corretiva para os associados, aos domingos pela manhã".

Mas a revista não se limitava ao registro das atividades do clube. Trazia, por exemplo, um *Cantinho Literário*, com sonetos. Além disso, seções de palavras cruzadas, receitas culinárias, dicas sobre a "arte da conquista".

As festas de debutantes mereciam tratamento especial,

com fotos abertas e texto laudatório. "Onze môças apresentadas à Sociedade. Onze belezas. Onze simpatias que, certamente, dentro em pouco estarão despontando na vida social", descreve um deles.

A coluna *Mexericos do Tutuca* concentrava fofocas do bairro e seus arredores. Quem se casou, quem se separou, quem bebeu demais, a roupa de fulano ou sicrana. Havia, ainda, entrevistas com associados, nas quais uma pergunta se destaca pela reiteração: "o que você pensa sobre o movimento Hippy que abala o país?". As respostas têm, unanimemente, viés condenatório. "A definição para esse tipo de personagem resume-se apenas em uma palavra: frustração", diz um dos entrevistados.

O uso da minissaia e a separação, outros temas quentes da temporada, tampouco eram vistos com naturalidade nas cercanias de Madureira, indica a revista. Isso embora já começassem a ser aceitos como parte da vida moderna. "O desquite pode resolver o problema de um casal, mas não é a solução ideal para os cônjuges, que não poderão mais reconstruir a sociedade conjugal", argumenta a jovem associada ouvida pela publicação. Ao fim de cada entrevista, o titular da coluna, João José, mandava às favas a modéstia e questionava: "O que você achou das perguntas formuladas?"

A tirar pelos anúncios, é possível perceber que *O Tenista* se sustentava graças aos comerciantes do bairro, que também bancavam os times do torneio interno de futebol de salão. Reconheci, nos reclames, os nomes de vários amigos da família — parecia ser costume pôr, ao lado do título do estabelecimento, o nome de seu proprietário. A Casa Hilda Confecções Tecidos aparece em todas as edições. Nas letras manuscritas sob o fundo azul, dentro do retângulo, a logomarca da loja do meu pai.

Réquiem para uma casa

Tomada por caixas de papelão, a casa recém-vendida parece uma vaga lembrança de si mesma. Impossível reconhecer as paredes sem os quadros que por tanto tempo estiveram pendurados. Gravuras de Carybé, Volpi, cartazes de cinema. O ventilador de teto e a estante de livros já foram retirados pela equipe da mudança. Na mesa da sala, um repositório de objetos a guardar, os que ficaram por último.

O novo apartamento ainda não constitui uma casa. É apenas promessa feita de madeiras empilhadas e tinta fresca. Ninguém mora lá.

Fernando Pessoa especula, em um de seus poemas, se a alegria revivida ao ouvir uma velha música corresponde de fato ao sentimento experimentado na infância. "Eu era feliz?", indaga a si mesmo, tomado pela nostalgia. E conclui: "Não sei: / Fui-o outrora agora". Paradoxo. Se casas são lembranças, talvez igualmente se refaçam, como a felicidade do poeta, na argamassa da ficção.

A minha casa, a alegria de Pessoa, o romance de Jorge Reis-Sá. Abraçados no atalho da memória. Falo de Reis-Sá para evocar Manuel Augusto, o protagonista de *Todos os dias*. O livro está sobre a mesa, com os demais objetos sem caixa, à espera. Dentro dele, Justina, António, Fernando e Cidinha — mãe, pai, irmão e a avó de Manuel — descrevem a banalidade do cotidiano doméstico. Os relatos são atravessados pela ausência do parente morto. As reminiscências por vezes colidem, por vezes se tocam.

"A casa que é dos pais inunda-me de passado", diz Fernando.

A mesma casa onde Cidinha fritava sardinhas às quartas-feiras e Justina dava de comer à cadela. Onde se estabelece, também, o confronto central entre os dois irmãos. O pragmático Fernando mendigando a atenção dispensada a Augusto. Este, por outro lado, a brilhar naturalmente com seu carisma.

Uma casa de saudades acionadas por pequenos atos e gestos. No sino da igreja, que se perde em Justina "como um ressoar diário"; na máquina de café, "ligando os barulhos da memória naquele remoer". À medida que o lugar se esvazia e cada um segue seu rumo — a morte, o casamento —, é preciso povoá-lo de lembranças. "O tempo acaba sempre por rasurar o que sentimos", eu releio o que diz António, enquanto observo a casa, a minha casa. Agora um depósito de cubos marrons, uns sobre os outros.

Para António e Justina, completamente a sós, o vazio é acachapante. Há vazio, também, no emaranhado de caixas. "Nós somos as pessoas que foram conosco", observa António, como se falasse comigo. Tudo, no livro e aqui fora, se dá em um dia, apenas um dia alargado no espaço da reminiscência. A gata preta, ainda bebê, explorando os cantos da nova moradia, que rapidamente se transforma em passado. A escolha do amarelo de um dos cômodos. A lata de cerveja aberta após todos os móveis terem subido. Quatorze andares. O gosto da cerveja gelada ressoando no palato.

"Os mortos só existem enquanto existir quem deles fale", repete Cidinha, ela própria já falecida, e digo da casa que já não é a casa para que sobreviva além do status da palavra, do artigo que a distingue. Como réquiem. Um breve alumbramento no lapso entre o girar dos ponteiros.

O vocabulário da gravidez

Ainda que não tenhamos a menor noção disso, o anúncio da gravidez traz o bilhete de entrada em um novo e estranho universo. Não me refiro aos aspectos metafísicos — a investidura nos papéis de pai e mãe, a mudança da relação com as coisas, com a perspectiva de futuro —, mas a algo mais prosaico. Um vasto conjunto de termos e objetos que, de hora para outra, deixam de ser completamente incógnitos para ganhar o estatuto da intimidade.

Tirar ou não o vernix? "Mas que diabos é vernix?", você se pergunta, enquanto todos à volta — casais igualmente grávidos — debatem a questão. Vernix, explico ao leitor pouco familiarizado, é um material gorduroso de cor branca, formado pelo acúmulo de secreção das glândulas sebáceas, que recobre a pele ao nascimento. Sua função é proteger o bebê.

Antes de chegarmos à conclusão sobre tão relevante tópico, alguém no grupo indaga se já compramos o pagão. Olho para Juliana, que retribui a perplexidade. "Sim, roupa de pagão", insiste o interlocutor.

Descobrimos rapidamente que pagão é uma roupa, e que *body* é melhor que pagão — no caso, um conjunto de camiseta regata, casaco e calça de malha. Não resisto à pesquisa: a expressão tem como origem o fato de que os bebês usavam tal traje logo nos primeiros dias de vida. Antes, portanto, do batismo. Vamos de *body*, decidimos. Por cima dele, o cueiro, outra palavra recém-nascida em nosso dicionário. Fundamental é deixar a menina bem confortável, certo?

O vocabulário da gravidez constitui quase uma língua própria e inclui a concha de seio, o mijão, o tecido pele de ovo, a babá eletrônica, o travesseiro antissufocante, o protetor de carrinho, o aparelho de leite, o moisés, o canguru. Mesmo quando o termo em si não representa novidade, uma órbita desconhecida se desvenda.

Toalha, por exemplo. Entre os futuros pais com quem convivemos nas semanas pré-parto, talvez tenhamos sido os últimos a começar o enxoval — sim, há o enxoval do bebê. As toalhas, no entanto, já estavam compradas quando soubemos que aquelas de tecido mais leve e capuz na ponta, justamente as caríssimas toalhas indicadas pela vendedora da loja, não eram as mais adequadas para a neném. "São péssimas", garantiu-nos uma especialista na matéria. Segundo ela, devemos usar toalhas de adulto, as convencionais. Erro típico de calouros.

"O mundo não se divide entre Ocidente e Oriente, religiosos e ateus, direita e esquerda, modernistas e tradicionalistas, mas entre pais de crianças pequenas e o resto da humanidade", diz o historiador Fred Coelho, em frase citada por Francisco Bosco no livro em que descreve sua experiência com a paternidade. Esse bocado desconhecido de mundo é o lado escuro da lua. Está lá, em potência, até que um dia se dá a ver. Então aprendemos que a borda da vida ultrapassa a linha das mãos — e também quem é a Peppa Pig.

Escritores e suas estantes

Em crônica sobre as mudanças na arrumação de sua biblioteca, o jornalista Fernando Molica revelou uma pequena travessura literária. Ao organizar as estantes conforme a nacionalidade e o idioma, costumava dispor, lado a lado, autores que passaram a vida trocando rusgas fora (e às vezes também dentro) dos livros. José Saramago e Lobo Antunes, Gabriel García Márquez e Mario Vargas Llosa.

Mas o texto tratava de uma mudança nesse critério. Molica se dobrou à tradicional ordem alfabética a partir do sobrenome. Foi assim que terminei parando ao lado do amigo Alberto Mussa, em uma das prateleiras do apartamento do autor de *Notícias do Mirandão*. Logo na sequência, vem o Raduan Nassar. Em obsequioso silêncio, é quase certo.

Lá em casa, quando os títulos pertencem a universos como o da música ou o do cinema, a classificação ignora os nomes dos autores. Os livros são arrumados de acordo com a amplitude de seu conteúdo. Exemplo: um tratado sobre a história da música brasileira vem antes da biografia do Cartola. Do geral para o particular.

No caso de prosa e poesia, contudo, vigora a ordenação por nome, ou sobrenome, dependendo do modo como chamo o escritor. Kafka mora na fileira do "K", e não no "F" de Franz. Já a obra de Machado de Assis ocupa boa parte do "M". Os poetas estão todos juntos, enquanto os prosadores — em maior número — mantenho separados entre ficção brasileira e estrangeira.

Nessa lógica particular, o catalão Enrique-Villa Matas e a

inglesa Virginia Woolf ficam coladinhos, assim como o americano Robert Creeley e a portuguesa Sophia de Mello Breyner Andresen. Armando Freitas Filho, decerto, gostará de saber que se mantém a poucos centímetros da amiga Ana Cristina César. E Sérgio Rodrigues não vai se chatear por ter Sérgio Sant'Anna como companheiro de prateleira. Maurício de Almeida é outro que dificilmente reclamará da vizinhança. Marques Rebelo de um lado, Michel Laub do outro.

Por falar em Laub, ele também separa em sua biblioteca os livros de ficção brasileira — armazenados no escritório — e estrangeira — na sala. A despensa foi reservada ao que chama de "variados", como me confidenciou. Flávio Izhaki e Cintia Moscovich seguem o mesmo modelo, mas ela guarda um nicho especial para os autores que sempre busca reler: Clarice Lispector, Italo Calvino, Amos Oz, Isaac Bashevis Singer.

Vencedor do Prêmio São Paulo de Literatura, Rafael Gallo separa uma prateleira para as leituras prioritárias. Na seguinte, entram as obras das quais, sim, pretende dar conta, porém sem a mesma urgência. O resto do espaço está ocupado pelos demais títulos. Sem regra de sequenciamento.

"E há como encontrar um livro assim?", eu poderia perguntar igualmente ao cronista Antonio Prata, que divide os títulos segundo o assunto. Mas no setor das obras ficcionais a confusão impera, a ponto de já ter começado a cogitar a convocação de algum profissional que lhe dê auxílio. Talvez a apresentadora do programa *Santa Ajuda*, como sugere outro Antonio, o Torres.

"Não tem nada aqui em ordem alfabética. Ainda consigo me achar na estante dos livros sobre o Rio de Janeiro, os da ABL, os de autores brasileiros em geral e dos amigos em particular. O resto é caos", diz o acadêmico.

Devido à pouca visão, Maria Valéria Rezende criou um código próprio para se orientar em meio aos livros que espalha por toda a casa. Marcou as lombadas, conforme o gênero, com pedaços de fita colante colorida. Poesia é amarelo, romance é vermelho, conto é verde.

Outro critério peculiar é o de Flavio Carneiro. Professor, ficcionista e camisa 7 do extinto Pindorama Futebol e Literatura, a seleção brasileira de escritores, ele pega de empréstimo o preceito usado pelo historiador de arte alemão Aby Warburg: a "boa vizinhança". Na mesma rua, portanto, estão as narrativas de *Ficções*, de Jorge Luis Borges, os contos policiais de Dashiell Hammett, a obra de Edgar Allan Poe.

Motivado pela leitura da crônica do Molica, o papo com os colegas escritores deixou claro que os sistemas variam muito. Sujeitam-se a afetos, idiossincrasias. Mesmo nos casos em que o princípio é quase rarefeito.

Borges dizia que a biblioteca é ilimitada. "Se um viajante a atravessasse em qualquer direção, comprovaria ao fim dos séculos que os mesmos volumes se repetem na mesma desordem", escreveu. E essa desordem, reiterada, acabaria por configurar uma ordem.

A ordem paradoxal da babel, que durante a conversa curiosamente só um dos autores evocou. Questionado sobre seu critério, o saudoso Sérgio SantʼAnna foi breve: "Meus livros simplesmente não passam por nenhuma espécie de organização".

Entendeu, Pedro Bó?

Acontece sempre que tenho certa intimidade com o interlocutor e me vejo diante de uma indagação tola. Depois de explicar tintim por tintim o que já era por demais óbvio, saco a pergunta retórica: "Entendeu, Pedro Bó?". Costumava funcionar. Mas tem sido cada vez mais frequente receber, de volta, olhares espantados, como se falasse língua estranha. Taí uma das marcas do envelhecimento: saber quem é o Pedro Bó.

Explico aos calouros. Pedro Bó saiu da mente criativa de Chico Anysio, no começo dos anos 1970. O personagem, vivido pelo artista circense Joe Lester, participava do quadro protagonizado por Pantaleão Pereira Peixoto, um coronel civil. Era o que se chama, na dramaturgia, de "escada".

Com sua barba branca e os óculos que traziam uma lente transparente e outra preta, Pantaleão tinha como principal marca o fato de ser um grande mentiroso. Narrava feitos mirabolantes, que Pedro Bó ouvia com reverência. Seu interesse nas histórias do coronel invariavelmente suscitava perguntas pueris, reiterativas.

Chamar de Pedro Bó, portanto, é maneira de dar uma sacaneada naquele amigo que nos brindou com dois ou três segundinhos de sua melhor palermice. Mas bordões são como gírias, só funcionam quando todos os envolvidos na conversa dominam seus significados.

No mesmo dia em que nomeei meu camarada de Pedro Bó, outro amigo, o Álvaro Marechal, questionava no Twitter se alguém ainda se lembra da expressão "dar pedal". Que significa "dar certo", "funcionar". Pouca gente sabia.

Essas construções muitas vezes ficam datadas mesmo. Circulam — e muito — quando lançadas. Depois viram fósforo queimado, sem utilidade. Pata-choca, para pessoa inerte; quadrado, para gente careta; pão, para homem bonito.

Em algum lugar do passado, você podia estar na crista da onda, ser pra frentex e mandar um chato de galochas ir lamber sabão. Assim como aquilo que foi um estouro nos anos 1960, vinte anos depois era chocante e hoje é irado. Sem grilos.

Certos jargões, contudo, dão um tempo mas depois voltam. É o caso de bacana, que havia sumido na década de 1980 e reapareceu, forte, na virada do século. Parecia novo em folha. Outros, como mamata, desafiam sua essência transitória e soam eternos. Gerados em um pequeno grupo social, ganham o mundo. E os dicionários. "A gíria que o nosso morro criou / bem cedo a cidade aceitou e usou", já cantava Noel Rosa em *Cinema falado*, de 1933.

De Chico Anysio a Noel, da favela ao asfalto, as gírias são a língua portuguesa sem fardão. De bermuda e chinelos, no balcão do bar. Ainda que tantas vezes percam progressivamente o sentido, virem mera junção de palavras, e então caiam no esquecimento. Como se diz por aí, deu ruim pro Pedro Bó.

As canções dos livros

Na crônica "O Botafogo e eu", Paulo Mendes Campos vale-se da paixão pelo time alvinegro para arriscar analogias entre outros escritores e os clubes de futebol do Rio. "Dostoiévski é Botafogo, Tolstói é Flamengo — na literatura russa não há Fluminense", observa. Baudelaire, sim, seria tricolor. Assim como Machado de Assis ("um bairrista, morava onde? Laranjeiras!"). Na torcida rubro-negra, formariam Balzac, Verlaine e Camões. Um trio de respeito. O Vasco, curiosamente, não é mencionado no texto.

Ando embrenhado nas páginas do romance *Norwegian wood*, de Haruki Murakami. À moda do cronista, poderia afirmar que Murakami é Botafogo. Ao menos a tirar por esse livro. A história dos jovens Toru e Naoko na Tóquio dos anos 1960 renova a impressão de que por trás de todo horizonte aparentemente estável há uma queda, ainda que não enxerguemos. É plena de tragicidade, lirismo, angústia. Características — ontológicas — do botafoguense.

A exemplo do que Mendes Campos fez com escritores e times, gosto de combinar livros e canções. No caso de *Norwegian wood*, a primeira tentativa foi também a mais óbvia: a conhecida música dos Beatles que empresta título ao romance. Tiro n'água. Apostei, então, nos choros delicados de K-Ximbinho. Tampouco funcionou. Acabei chegando a Bill Evans por influência da própria trama — Toru tem um LP do pianista americano. E, assim, o disco *Chet Baker e Bill Evans — The complete legendary sessions* tornou-se a trilha sonora da leitura.

K-Ximbinho talvez servisse a *Quase memória*, do Carlos

Heitor Cony. Uma canção como "Ternura" a acompanhar, na sinuosidade do solo de sax, o inventário do protagonista sobre o pai morto. Sutis afinidades.

Penso em *Flicts*, de Ziraldo, dançando com Egberto Gismonti. Na alegria da cor que descobre seu lugar na paleta do mundo. Ao fundo, crianças em algazarra. Berram, gargalham, divertem-se com as piruetas melódicas de "Palhaço".

— Tá viajando, hein? — diria o amigo dos tempos de adolescência.

Mera elucubração de leitor. Isso embora a evocação por vezes parta — e de forma direta — daquele que escreveu a história. No livro *Keith Jarret no Blue Note*, Silviano Santiago inspira-se em uma apresentação do pianista no clube nova-iorquino para criar textos ficcionais que dialogam com cada canção do show.

Em *Morangos mofados*, logo abaixo do título do conto "Os sobreviventes", Caio Fernando Abreu avisa: "Para ler ao som de Angela Ro Ro". De fato, Ro Ro casa bem com a literatura do autor gaúcho. Fogo médio entre a paixão e a porra-louquice. Que às vezes dão-se as mãos. Incendeiam-se.

Caio faz dupla afinada também com Cazuza, não à toa citado em outro conto — "Linda, uma história horrível", do livro *Os dragões não conhecem o paraíso*.

Abrindo a guarda da imaginação, matuto outras dobradinhas: Guimarães Rosa e Hermeto Pascoal, Drummond e Chico Buarque, Hilda Hilst e Rita Lee, Manuel Bandeira e Pixinguinha, Adélia Prado e Milton Nascimento, Érico Veríssimo e Villa-Lobos.

A lista é interminável, pródiga em combinações. Mas agora Bill e Murakami estão me chamando. E, como bom meio campista, passo a bola para você, caro leitor.

Falta de assunto

O papo se desenrolava sem sobressaltos num dos painéis da Casa Rocco na Flip até que o mediador se virou para mim e:

— A maioria dos cronistas escreveu, algum dia, uma crônica sobre nada. Em vez de fazer pergunta, peço que você fale um pouco sobre isso. Ou seja, sobre nada.

O clássico mote da falta de assunto justificava a falta de pergunta. O que, no fundo, tornava a questão muito mais espinhosa. Sobretudo porque a proposta vinha de supetão. E sob forma verbal. Sem intervalo para a organização do pensamento ou o apuro do texto.

Venci o desafio com um típico drible da vaca. O pedido era que discorresse a respeito de coisa nenhuma — embora nada simples, estava claro. Então decidi lembrar, com detalhes de bastidor, a ocasião em que queimei o cartucho da tradicional crônica sobre a carência de inspiração.

Bola lançada de um lado, corrida ligeira pelo outro. E vamos ao próximo tópico.

Antonio Prata, colega de ofício, certa vez evocou em sua coluna na *Folha* um precioso conselho do pai. Também cronista, Mário Prata recomendara que ele tivesse sempre um texto "de gaveta". De fundo de gaveta, eu diria. Algo que, sem conexão nem mesmo tênue com o correr dos fatos, ou da vida, pudesse ser publicado a qualquer tempo.

Pratinha acatou, em parte, a sugestão. Deixou a crônica guardada por quase dez anos. Até que numa semana corrida, daquelas que engolem os temas e a disposição, mandou-a para o jornal. O efeito foi hilário. Ao contrário de evitar a conjuntura, como lhe receitara o pai, o texto mergulhava fundo nela. E aí estava sua graça. A discrepância entre o relato do cronista e o noticiário das demais páginas, separados por hiato histórico relativamente breve, espelhava uma face do Brasil. Onde tudo ainda é construção e já ruína, como diz a canção do Caetano.

Mas nem sempre há escritos de gaveta para nos salvar. E, às vezes, o prazo de entrega se aproxima sem que o assunto tenha dado o ar da graça. É quando nos transformamos em pedintes. Mendigos de histórias. Passamos a sondar os amigos mais próximos, sem pudor. A esmola: situações que tenham vivido, testemunhado. E possam, gentilmente, emprestar ao pobre escriba.

Para os cronistas de outrora, em geral imersos no sistema da coluna diária, o aperto era ainda maior. A ponto de, muitas vezes, requentarem textos já utilizados. Mexe numa frase aqui, acrescenta duas palavras ali, muda o título. Pronto. Sabor de prato novo, ou quase.

Clarice Lispector foi uma que, volta e meia, recorreu a esse expediente. Outros, como os parceiros Fernando Sabino, Rubem Braga e Paulo Mendes Campos, chegaram ao ponto de trocar crônicas entre si. Um delicado trabalho de reciclagem, como revela Sabino no livro *A falta que ela me faz*.

Questionado por Rubem se teria "uma crônica pequenininha para emprestar", ele sacou de seu arquivo o antigo escrito sobre o menino que lhe rogara dinheiro para tomar sopa numa casa de pastos na Lapa. O texto fora publicado em *O Jornal*, com o título "O preço da sopa". Rubem deu uma guaribada no relato, substituiu "casa de pastos" por "restaurante", corrigiu o preço do caldo conforme a inflação e rebatizou-o simplesmente de "A sopa". Na sequência, enviou para o *Diário de Notícias*.

    Passados alguns anos, foi Sabino quem recorreu ao amigo, pedindo "uma crônica usada". Rubem devolveu-lhe a da sopa. Sabino de início protestou, mas diante do argumento do parceiro — "as outras estão muito gastas" —, resolveu aceitar de bom grado. Improvisou pequenos remendos no texto, fez a devida correção monetária e encaminhou à diagramação. No novo título, o aviso velado: "Essa sopa vai acabar".

    Como o caro leitor já pôde perceber, também esta crônica nasceu da falta de assunto. Virou conversa fiada. Mas lá se foram três mil caracteres. Missão cumprida, portanto. Ao menos até semana que vem.

O primeiro dente

Ao ver a porta de casa se abrindo, Lia girou o pescoço em minha direção, as gengivas à mostra num daqueles sorrisos de que a palavra ternura não dá conta. Eu chegava do trabalho e, como sempre, fui saudá-la. Peguei-a no colo, beijei levemente suas bochechas, as irresistíveis covinhas. O sorriso permanecia estampado no rosto e, agora mais de perto, pude perceber um minúsculo feixe branco destoando na explosão de vermelho da arcada inferior. O primeiro dente.

Assim como no momento em que o umbigo cai, o bebê consegue se sentar sozinho ou enfim arrisca-se na elementar aventura de cruzar a sala engatinhando, o aparecimento do primeiro dente aciona nos pais um duplo sentimento. Alegria e alívio. É mais um entre os tantos signos de desenvolvimento no turbilhão de novidades — e sustos — daquela vida que começa a tatear o mundo. Literalmente.

Nos dez meses fora da barriga da mãe, Lia me ensinou algumas coisas sobre bebês. Que o choro é um meio ágil e eficaz de comunicação. Que objetos não projetados originalmente para a fruição lúdica são mais interessantes que brinquedos. Que tudo, seja no universo da casa ou fora dele, está disponível para a condução até a boca. De preferência papéis velhos, como o recibo que dormiu por quase um ano esquecido na minha mochila do futebol e redescobri, já amarelado, em meio à saliva da mocinha.

Entre outros impressos, Lia comeu duas páginas de uma história infantil do Henrique Rodrigues, as provas do último romance do Fernando Molica, a carta que a avó lhe dedicou junto a um presente, diferentes tipos de guardanapo.

Não demorou até que confirmasse a previsão de amigos que também têm filhos pequenos. Quando entrei no quarto, ela sugava com vontade o fio do carregador do celular — que, claro, estava conectado à tomada. Pelo que entendi, é algo que os bebês costumam fazer. Desconfio que vem daí toda a energia que são capazes de dispender durante o dia, ou em meio à madrugada.

Mais lições de Lia: esfregar as mãos nos olhos significa sono, a testa franzida indica a iminência de um portentoso número dois. Que, diga-se, nunca vem sozinho. É invariavelmente uma soma (número um + número dois), cujo resultado se expressa na fralda.

Ela também descobriu as gatas. Sofia, a bela desconfiada, tenta se manter distante. A espaçosa Caramelo às vezes se aproxima, mas com cautela. Com a Mila, a relação é especial. Lia não pode vê-la por perto que tenta contato. Ensinei-a a fazer carinho passando a mão sobre o pelo preto. O problema é que há um rabo em permanente movimento. Capturá-lo parece irresistível.

Mila nunca reagiu mais fortemente. Pelo contrário. Sempre que tem chance, escala a parede, pula sobre a cômoda e deita-se no berço da bebê. Ainda não concluí se é caso de disputa de espaço ou mera demonstração de zelo felino, à semelhança de uma irmã mais velha.

Lia também aprendeu a falar "mamamama" — o tão esperado "papapapa" até agora nada — e a gritar, a plenos pulmões. Berra ao menor sinal de excitação, sem se preocupar com quem esteja à volta. O que confirma minha tese sobre a maior falha do projeto humano: a falta do botão de volume.

À medida que cresce, percebo seu rosto redesenhando os

traços do meu. O ferro liquefeito a se refazer, em nova substância, novo corpo, sem a ferrugem do tempo transcorrido. É bonito.

Mas ela não se interessa, ao menos ainda, por questões metafísicas como essa. Prefere se concentrar na Galinha Pintadinha, cujas canções insistem em ecoar no lóbulo pré-frontal quando me encontro entre a vigília e o sono. "Mariana conta um / Mariana conta dois" — e Lia se remexe em frente à TV, numa dança desconjuntada, graciosa. Então nós, os pais, podemos almoçar, ler o jornal do dia, descansar alguns minutos. Agradecidos, repetimos em silêncio o refrão: "Viva a Mariana, viva a Mariana".

Círculo do Livro

O chope comia solto no Genial, bar da Vila Madalena, quando o Marcelino Freire fez a revelação: "Assim que cheguei em São Paulo, o que eu queria mesmo era trabalhar de revisor no Círculo do Livro". Foi uma daquelas frases que servem como anzol e pescam lembranças remotas, soterradas pelo passar dos anos.

Fui sócio do Círculo do Livro. Quase todos os meus irmãos eram também. No subúrbio, onde livraria é coisa tão rara quanto brisa de mar, o Círculo nos dava acesso a clássicos e novidades da literatura sem que precisássemos sair de casa. Funcionava assim: cada associado recebia mensalmente uma revista, que listava os lançamentos e títulos do catálogo. A cada número da revista, uma obra deveria ser comprada.

Os livros tinham preços bem mais em conta do que nas demais editoras e vinham em embalagem caprichada. Capa dura, encadernamento perfeito, miolo bem diagramado.

Não esqueço o dia em que, após levar uma bronca da mãe, minha irmã Sandra me chamou em seu quarto e leu *Flicts* para mim. Uma publicação do Círculo. Minha irmã já se foi, não tenho ideia de onde o livro, que era dela, foi parar, e nunca mais encontrei aquela edição. Mas fora das páginas as cores não esmaeceram. São minha lembrança mais feliz da Sandra.

O Círculo mantinha, em seu catálogo, uma saraivada de best-sellers: Sidney Sheldon, Agatha Christie, Morris Welst, Harold Robbins, Jorge Amado. Apresentou-me autores como Albert Camus, Marguerite Duras e Zélia Gattai. E sempre abriu espaço para apostas. Como André Torres, preso político que fez algum barulho nos anos 1980 ao relatar sua experiência no cárcere. *Exílio na Ilha Grande* e *Esmaguem meu coração*, suas duas obras mais famosas, permanecem na estante lá de casa. Conservo-as como emblema de meus primeiros espantos.

"Troço fantástico os livros chegando via Correios, e logo ali no bairro pobre de Água Fria, onde eu morava", contou o Marcelino. Do Rio para Pernambuco, o mesmo sentimento. A mesma ânsia juvenil em checar a correspondência à espera de uma pequena caixa de papelão. Ou da própria revista, com suas pequenas resenhas que anunciavam o futuro nos livros que iríamos ler.

O Círculo chegou a ter oitocentos mil sócios, vendeu mais de dezessete milhões de exemplares e encerrou as atividades, já deficitário, na década de 1990. Os números, impressionantes, talvez escondam o maior feito. Foi por intermédio de seus livros que eu — assim como o Marcelino e tantos outros — comecei a perceber que a vida podia ser maior do que a casa dos meus pais. E a literatura, por vezes, um frescor insuspeito na abafada Madureira.

Sonhos feitos de brisa

Quando recebi a notícia da morte de Fernando Brant, havia acabado de sair de uma aula sobre cuidados elementares com o recém-nascido voltada para pais de primeira viagem. A rapidez da passagem entre as duas imagens — a vida ainda em formação, o fim inexorável — me causou espanto, como se não soubéssemos todos que é assim, sempre será.

"A hora do encontro / é também despedida", escrevi no Facebook logo após ler o obituário, em curto post-tributo. Versos da canção que Brant compôs com Milton Nascimento e pareciam dizer tanto naquele momento em que as duas pontas da existência se trombavam, em silêncio, dentro de mim.

Passei os dias seguintes ouvindo as músicas de Brant e sua turma. No som do carro, na vitrola, em diferentes sites. Ao navegar pelo YouTube, me deparei com um registro do show *Face a face*, de Simone, no Museu de Arte Moderna do Rio. O áudio é de 1977, e ela canta "Céu de Brasília", que o compositor mineiro assina com Toninho Horta.

A voz da artista — crua, áspera, sem artimanhas de estúdio — percorre a letra que fala da cidade noite adentro, povoada pela solidão dos homens, sob o céu sem manchas do Planalto Central. Céu que nunca vislumbrei, mas tantas vezes se abriu nas conversas com amigos, nos saraus na Urca, nas rodas de violão pós-faculdade, as pessoas espantadas com o bando de malucos cantando às nove da manhã em plena Rua Farani.

"Céu de Brasília" evoca o "horizonte imenso aberto sugerindo mil direções" e era isso mesmo o que almejávamos. A vida só fazia sentido se dançasse no ritmo das palavras de Fernando Brant, Marcio Borges, Ronaldo Bastos; nas sinuosas harmonias e melodias de Toninho, Beto Guedes, Lô Borges; na ternura da voz de Milton Nascimento.

    O Clube da Esquina era o nosso clube, um universo que se expandia para além da música. Ressoava no velho tênis que estampa a capa de um LP, na discussão sobre a foto dos dois garotos sentados à beira da estrada de terra — seriam Milton e Lô? —, na descoberta de que Manuel, o audaz, era na verdade um jipe amarelo. Vamos lá, viajar, propunha o Toninho, como se nos conhecesse há tempos. E subíamos, decididos, no jipe.

    Ao ouvir "Céu de Brasília" naquela gravação perdida na internet bateu uma saudade esquisita, para além do artista que se foi. Saudade, talvez, do que nós mesmos fomos. Mais ingênuos. Cheios de promessas, planos infalíveis. O futuro todo pela frente. Até que o futuro chegou e percebemos que, ao contrário do que diz a canção, os sonhos envelhecem, sim. Feitos de brisa, vento vem terminar. Mas não custa, de vez em quando, visitá-los. Mesmo que o tempo e a distância digam não. E que Fernando Brant, autor desses versos, não esteja mais por aqui.

Receita de miojo

Quatro parágrafos, sendo um de apresentação do tema, dois de desenvolvimento e um de conclusão. Eis a premissa de boa redação que vigorava na época em que fiz vestibular e que persiste no Exame Nacional do Ensino Médio, mais conhecido pela sigla Enem. O concurso foi destaque nos principais jornais, quase sempre em tom de histeria, devido à prova de um aluno que resolveu desafinar o coro e incluir, no meio de seu texto, uma prosaica receita de miojo. Pois também vou desafinar: achei ótimo.

O estudante alcançou 560 dos mil pontos possíveis, suscitando uma verdadeira caça às bruxas contra quem corrigiu a redação. O garoto é bobo, inconsequente, imaturo, um retrato da juventude descompromissada (ah, os velhos tempos...). Já os corretores querem apenas ganhar um dinheiro fácil sem muito trabalho. Julgamentos apressados de quem adora acusar a impressa de julgar apressadamente.

Não importou aos críticos que a correção tenha sido feita de acordo com as regras do Enem — se urge mudá-las, a história é outra. Tampouco que em 20, das 24 linhas do texto, o estudante aborde o assunto proposto sem grandes equívocos de ortografia, gramática ou argumento. Pau neles.

Nessa ânsia moralizante, que se espalhou por seções de cartas e redes sociais, perdemos a possibilidade de observar o episódio com menos estridência — e mais humor.

O que vi na polêmica redação foi um interessante exercício de nonsense. Quando muda de assunto de forma abrupta, cortando o raciocínio sobre a imigração no Brasil para relatar o preparo de um "belo miojo", o aluno zomba é das regras rígidas da redação. Mostra a nós todos — e pouco importa se foi ou não intencional — que ambos, o miojo e a redação, têm uma "receita".

"Ferva trezentos ml's de água em uma panela, quando estiver fervendo, coloque o miojo, espere cozinhar por três minutos, retire o miojo do fogão, misture bem e sirva", escreveu ele.

Lembro que, no terceiro ano do então segundo grau, um colega de turma compôs uma redação brilhante e recebeu nota mínima do constrangido professor porque o texto não obedecia às exigências do vestibular. O modelo era (e continua) engessado. Tolhe a criatividade em nome de um padrão mediano.

Num chope pós-debate literário, o escritor Ronaldo Bressane me explicou o significado de "coxinha", gíria paulistana que o Rio adotou. Para tal, retrocedeu até o tempo do Império. Bressane contou que o filho da Princesa Isabel com o Conde D'Eu adorava coxas e não aceitava comer nenhuma outra parte do frango. Certo dia, por não haver galinhas em número suficiente, a empregada desfiou a carne e modelou com massa, de modo a que imitasse uma coxa. Como não só o menino, mas a família inteira gostou do resultado, o quitute acabou entrando no cardápio da Corte.

"Então, a gente chama de coxinha o sujeito 'empanado', 'arrumadinho'", disse o Bressane. Aquele que nunca sai do script, acrescentaria eu.

E por que falar disso no meio de uma crônica sobre redações?

Antes que deem nota zero ao cronista, esclareço: porque, pegando emprestada a expressão, também existem redações-coxinha. E é bom que de vez em quando apareça um miojo para variar. Ainda que sem manteiga e grana padano.

Palmito

Juliana, minha ex-companheira, ganhou o Palmito há cerca de vinte anos. O esmirrado filhote que saltava pelos cantos da sala, investigando o mundo com a curiosidade de habitante recém-chegado, logo se transformou num enorme cachorro. Era impossível mantê-lo no acanhado apartamento. E assim Palmito foi morar na casa de dona Tânia, a mãe da Ju.

No quintal de Cascadura, entre plantas e enfeites de louça, fez buracos na terra, deu saltos, ganhou festa. A distância não permitia o convívio diário, mas a cada vez que Juliana e Palmito se encontravam a saudade represada se desmanchava em carinho. Mútuo.

Num domingo sem efeméride, estivemos por lá. Ele não foi nos receber, como de costume. Estava deitado, à sombra, a expressão de cansaço pesando nos olhos. Juliana ficou algum tempo a seu lado. Em silêncio, passava as mãos sobre os pelos, enquanto Lia, nossa bebê, gritava ao longe "Au au, au au".

Três dias depois, o telefonema de dona Tânia: Palmito morreu.

Lia ainda não sabe da morte. Atravessa as horas tentando nomear as coisas, chorando quando tem fome ou quer dormir, sorrindo quase o tempo todo. Não pôde vislumbrar, naquela cena, a despedida que se desenrolava à nossa frente. Sem palavras, sem lágrimas.

Quando eu morava no antigo apartamento da Lapa, minha única companhia diária era Mila, a gata preta que recolhi na rua, recém-nascida. Ao ouvir seus miados ante o mero girar das chaves na porta, ou flagrar a corrida pelos cômodos, em implacável perseguição a um pedaço de arame colorido, muitas vezes me peguei pensando: como saber sobre a felicidade dos bichos que vivem conosco?

Nem mesmo os cientistas são unânimes quanto a essa questão. Grosso modo, costumam separar "emoções", que seriam instintivas, e "sentimentos", fruto da reflexão autoconsciente. Há estudos demonstrando que, assim como o ser humano, outros mamíferos têm no neurotransmissor dopamina um dispositivo para o processamento do desejo, ou da alegria.

Talvez seja o caso de se falar em afetos. Um ronronar, uma abanada de rabo. O nariz úmido que se aproxima para reconhecer, e reiterar, o cheiro da casa gravado na pele. É possível que, com todas as pesquisas, todo o avanço científico, não alcancemos mais que isso. Impressões. Um vislumbre escasso, quase intuitivo, daquilo que a razão não dá conta.

Minnie Velha

Uma boneca de pano é só uma boneca de pano até que passa a ser mais que isso. Lia ganhou a Minnie, presente da Vovó Guida, ainda bem bebê. Desde então, sabe-se lá por quais motivos, a boneca se tornou sua companheira inseparável. Levava-a para a creche, carregava para cima e para baixo, posava para fotos, dormia agarrada com ela. Com o passar dos meses, passou a chamá-la de Minnie Velha. Havia justificativa, já que outras Minnies haviam chegado e a antiga boneca guardava as marcas do tempo: o tecido perdera viço, a costura do pescoço volta e meia ameaçava soltar-se e degolá-la.

A Minnie Velha era a parceira de pano e também um signo da presença da minha mãe. Ela, que partira tão de repente e de forma tão estúpida, se fazia lembrar ali, a acompanhar a neta pela vida afora, na quentura do dia a dia — como desejava e não pôde, infelizmente, realizar.

— Foi a Vovó Guida que me deu a Minnie Velha. A Vovó Guida mora lá no céu — costuma repetir a Lia.

Naquele sábado, quando saíamos para o aniversário de um amiguinho, ela pediu que levássemos a boneca. Assenti. Durante toda a festa, permaneceu colada à Minnie Velha. Mesmo quando foi à piscina de bolas, e ao pula-pula, fez questão de carregá-la. Enquanto voltávamos para casa, de Uber, pôs a boneca no meu colo. Disse que eu era o pai da Minnie Velha e precisava trocar a fralda dela, que estava suja. Retruquei:

— Não sou o pai dela, sou o seu pai, você não fala sempre que é mãe dela?

Mas entrei na brincadeira da fralda. Trocamos, imaginariamente, juntos. Depois ela apagou. Dormiu pesado, encostada no meu peito.

Ao chegarmos em casa, foi complicado sair do carro com o pequeno azougue no colo mais duas mochilas. Lia, contudo, não despertou. Coloquei-a no berço logo que entramos no apartamento.

Uma hora e meia depois, ela acordou.

— Cadê a Minnie Velha, papai?

Fui pegar na mochila. Não estava.

Procurei em toda a sala, no quarto, na cozinha, telefonei para o motorista do Uber. Ele disse que não, não havia caído nada no carro. Desci, lanterna à mão, para checar a calçada. Mobilizei os porteiros vizinhos, os garçons do bar em frente. Nada.

"A arte de perder não tem nenhum mistério", escreveu Elizabeth Bishop no verso que fiquei algumas horas tentando verter em sentido. Havia jurado a mim mesmo guardar a Minnie Velha até que Lia se tornasse adulta. Fracassei.

Demorei até conseguir falar com ela que a boneca se foi — e para sempre. Eu próprio não havia me convencido disso, apesar de ser um fato.

Imaginava que as tantas perdas recentes, de todas as ordens, tivessem me dado casca, uma espécie de couraça. Equívoco. Cada perda é uma perda, singular, incomparável. Não diz nada sobre as anteriores, não prepara nada para as que virão.

A Minnie Velha era só uma boneca de pano, tento pensar. Mas não.

Poucos meses depois desse episódio fui ao dentista, na Praça Saens Peña, para uma consulta prosaica. Ali mesmo onde vislumbrei os primeiros contornos de Lia, ainda uma imagem disforme e cinzenta no ultrassom. Ali onde um ônibus esmagou o corpo de minha mãe, a Vovó Guida, na véspera do Natal. Oito meses antes que ela pudesse completar oito décadas de vida. O oito que, deitado, é o infinito.

As fotos morrem jovens

O funcionário da assistência técnica foi claro:
— Conseguimos salvar o laptop, mas o HD já era.
Na véspera, a gata calculara mal o salto sobre a mesinha de cabeceira, derramando o resto da água que dormia no interior de um copo. O computador ficou completamente ensopado.
A notícia sobre a perda do HD não chegou a me abalar. Tinha a quase certeza de que todos os arquivos importantes estavam copiados em outros dispositivos. Mas a palavra "quase", ao que parece, resolveu mostrar toda sua potência na querela semântica com o indubitável. Abri o primeiro pen drive. Nada. O segundo. Nada. Esvaziei três gavetas de velharias em busca daquele esquecido Kingston 2 GB. Encontrei. No entusiasmo de um pênalti aos quarenta e cinco do segundo tempo, corri para plugá-lo ao laptop. A memória guardava textos inacabados, arquivos em pdf, uma cópia da declaração do Imposto de Renda 2008.
As fotos não estavam lá.
Dezenas de instantâneos de uma solitária viagem por Lisboa, Porto, Ilha da Madeira, Barcelona. Irremediavelmente perdidas.
Senti a pontada de angústia ao constatar que nunca mais poderia ver aquelas imagens. Sorrisos perdidos entre construções de Gaudí, o começo do livro nunca levado a cabo, recortes de uma Ilha da Madeira em reconstrução, após o aluvião que a castigou.
A desaparição acionou a urgência em fazer o backup das fotografias de outras viagens. Festas de aniversários, passeios. Ao repassar as imagens, me toquei de que talvez tenha sido a primeira

vez que voltei a contemplá-las. Se a caixa de retratos volta e meia é reaberta, como uma muleta para a memória, as fotos virtuais se mantêm intocadas. Eclipsadas na miríade de diretórios e chips.

Nunca fotografamos tanto.

"A fotografia é uma arte elegíaca, uma arte do crepúsculo", escreveu Susan Sontag nos anos 1970. Referia-se à nostalgia que as fotos evocam, em duplo e paradoxal movimento. São um registro, a cristalização do instante. Ao mesmo tempo, atestado de finitude. Da nossa própria, inexorável, mortalidade.

No mesmo ensaio, Sontag fala sobre álbuns, porta-retratos. E sobre fotografias que envelhecem, infestadas "pelas doenças comuns aos objetos feitos de papel". Já não precisamos revelar negativos, raramente transformamos em papel as imagens. Basta editar, compartilhar, esquecer.

As fotos, hoje, morrem jovens. Antes mesmo que um HD defeituoso as liquide de vez.

Tem dias

Tem dias em que o copo de café cai da mão. Você coloca a quantidade de sempre, pinga o adoçante, pega o jornal, senta-se na cadeira pronto para mergulhar nas notícias de ontem e... tá lá o líquido derramado por toda a mesa, encharcando os papéis, pingando no chão.

Logo ao acordar o troço se anuncia. A pasta de dente no fim, uma espremida na ponta do tubo, para ver se ainda sai alguma coisa. Girada a torneira, a água do chuveiro não esquenta. É preciso mexer no aquecedor, que fica depois da cozinha, e a toalha ficou esquecida sobre a cama. Pegadas molhadas ao longo do chão do banheiro, do quarto, da sala. O pano para secar.

Falta um botão na camisa, a única passada. O cachorro não vem fazer festa. Vai melhorar, você diz a si mesmo. E repete: vai melhorar.

Mas o vagão está lotado.

Tem dias em que a etiqueta da camisa pinica, o melhor prato acaba, a azia manda lembranças. O salto quebra na falha da calçada e não há loja de sapatos por perto.

Nem sinal de internet. Com a rede intermitente, o trabalho vira uma queda de braço. Conecta, desconecta, conecta de novo, já foi.

Então a ideia de dar uma volta. O sol lá fora fabrica promessas.

Reunião. Sim, você havia esquecido. Pegar o táxi, depressa, telefonar.

Desculpe, atrasado, muito atrasado, mas a caminho. Não deu.

Tem dias em que as desculpas são para você mesmo, não para os outros.

Aquele dinheiro não entra, aquela frase não sai, aquela música não toca no rádio.

Vai melhorar, você diz, agora sem tanta certeza. E resolve ir para casa mais cedo, no conforto do Uber Black.

Um filme à noite, talvez, uma bobagem qualquer na TV. Mexer com fogão nem pensar. Delivery. Sushi ou pizza, uma lata de cerveja, duas, não mais. E cama.

O trânsito assim, a essa hora. Não é costume, não, senhor. Acho que foi o temporal. Também, com o calor que tá fazendo. Satisfeito com a temperatura do ar? Aceita uma bala?

Na hora e meia de banco traseiro, a leitura enjoa. Dá ânsia de vômito.

Obrigado, senhor. Vou encerrar a corrida.

Tem dias em que você encontra a janela aberta, a sala alagada, a chuva pesa é dentro do peito.

E, no entanto, tem outros dias.

Chaveiros e canecas

Meu pai tinha duas coleções. A de chaveiros ficava próxima ao escritório, um canto da casa do qual me recordo precariamente: o carrinho-bar com garrafas de cristal, o relógio-cuco que a tia-avó trouxera da Suíça e já não funcionava, a camurça verde presa à parede, ferida pelos pregos que sustentavam o esmerado acervo.

À frente da porta principal, em posição de destaque na sala, canecas de chope. O pai as guardava como troféus. Provinham dos festivais do Rotary, do Lions, do Madureira Esporte Clube. Uma tradição suburbana, como o piso de cacos ou a cadeira trançada.

Essas imagens permaneciam submersas, porém. No fundo do oceano que, dentro da gente, só cessa de produzir água na efeméride da morte, recobrindo tudo.

Ressurgem na foto de Lia. Ela segura minha mão enquanto caminha, no vigor hesitante dos dois anos de idade. A cabeça está levemente virada para o alto e os olhos, expressivos, miram meu rosto. Identifico no meio-sorriso, no desenho do nariz, traços tão íntimos. É impossível lembrar de si mesmo no lugar da infância, mas os retratos de alguma forma contam essa história.

Vamos pra casa da Lia, papai? Tô cansada — ela pediria, minutos após aquele instantâneo em Copacabana. A frase que o tempo moerá, até não sobrar letra alguma.

— Vamos, sim.

Ao entrar em casa, sozinho, penso nas coleções que fiz quando menino. Selos, adesivos. Na escuridão dos oceanos em suas regiões menos perscrutáveis. Onde Lia, um dia, também mergulhará, à procura dos cacos de um espelho. Sempre fugidios.

Quem sabe o que se assentará sobre os chaveiros e as canecas, irremediavelmente cobertos? Uma gravura do signo de Câncer? Uma prosaica bandeira, de mesa, do Império Serrano? Os óculos de armação preta?

Cogito o futuro e "a pequena área da vida me aperta contra o seu vulto", como ocorreu a Drummond em visita à Itabira natal. Então a foto de Lia, novamente. A atenção detida nos movimentos do pai, que a conduz nos dedos entrelaçados em meio à multidão da Avenida Atlântica.

Na lentidão da rotina, a ampulheta corre, firma o lastro subterrâneo. E, em silêncio, Lia me transforma em memória.

Imprecisão eloquente

Em junho de 2011, com a câmera pendurada ao pescoço, o filósofo Georges Didi-Huberman foi a Auschwitz-Birkenau. Passavam-se oito anos desde a publicação do livro *Imagens apesar de tudo*, no qual analisa quatro fotografias tiradas clandestinamente na zona do Crematório V por um dos prisioneiros.

Na revisita ao local onde foram assassinados milhares de judeus, homossexuais, membros das etnias sinti e roma, opositores políticos do Terceiro Reich, Didi-Huberman se depara mais uma vez com os tais retratos. As lápides expõem três fotos, não as quatro originalmente tiradas.

Uma das imagens não passara no teste do "museu da memória". Falta-lhe foco — e um objeto categórico. Na impossibilidade de posicionar o olho no visor, já que estava escondido, o fotógrafo voltou a lente para a floresta de bétulas. Captou as árvores com suas copas projetadas para o céu e a luz saturada daquele dia 4 de agosto de 1944. Nada dos fornos crematórios ou das vítimas da asfixia por gás.

"Para nós, que aceitamos examiná-la, essa fotografia 'defeituosa', 'abstrata' ou 'desorientada' testemunha algo que permanece essencial, isto é, o próprio perigo, o vital perigo de presenciar o que acontecia em Birkenau", relata o filósofo. A imprecisão torna-se, assim, um signo eloquente.

Lembro do texto de Didi-Huberman enquanto escrevo esta crônica. Embora seja possível, até natural, falar de terror quando o mundo se vê tomado por um vírus que já matou milhões de pessoas, a evocação da narrativa sobre Auschwitz-Birkenau ganha aqui outro propósito.

A crônica, para nossa sorte, se presta a transições radicais. É um gênero que atravessa as fronteiras sem passaporte ou carimbo. Como dizia Antonio Candido, trata da vida ao rés-do-chão. E pode se definir justamente nessa falta de decupagem muitas vezes enxergada como defeito.

"Há superfícies que transformam o fundo do que está ao redor", escreve Didi-Huberman. Ele se refere, agora, à casca das árvores. À matéria irregular, acidentada, que enuncia a contingência de todas as coisas.

Isolados em nossas casas pela pandemia, fomos obrigados a imergir como nunca antes no universo virtual. Onde o tom de voz perde a nuance, o abraço é só um ícone, a virtude vira autocongratulação ou julgamento sumário. Onde a perfeição é desejável e parece fácil. Mas nossas cascas, aquelas que enterramos sob o suntuoso tronco feito de pixels, gritam pelo escape. Querem voar, contingentes e exuberantes em sua impureza.

Num tempo em que o adorno se mantém à palma da mão, em que editamos nossas vidas ao sabor de filtros, recortes, regulagens, quem sabe a imagem recusada pelo campo de concentração vertido em museu tenha algo a nos dizer.

Meu pai me disse

Meu pai certa vez me disse que Madureira tinha a maior arrecadação de ICMS do Rio. Era seu jeito enviesado de valorizar o bairro em que morávamos e onde o pai dele, avô que nunca conheci, aportara ao chegar de Portugal. Não à toa, a loja da família se chamava Casa Luso-Brasileira.

Quando nasci, em 1972, o nome já era outro. Casa Hilda, estampava a logomarca de letras desenhadas, tendo à frente os traços de um jovem casal. Hilda, minha tia, partira vinte anos antes. O pai me disse que morreu de amor. Eu, ainda criança, não entendia o que significava morrer de amor, porque todo mundo que morria à volta era de infarto, ou de câncer.

Logo que meus pais se casaram, o espírito da tia Hilda deu de baixar em outra tia, a Amélia. A tarde corria tranquila na casa recém-montada quando Meloca — era como a gente a chamava — se jogou no chão, começou a tremer e tossir, se revirando. Hilda havia morrido de tuberculose, de modo que a conexão foi imediata. Segundo o pessoal da macumba, imediatamente acionado, a falecida queria desejar felicidade ao jovem casal. Não deu muito certo.

Essa casa, que ficava na Rua Carvalho de Souza e onde fui morar logo ao sair da maternidade, tinha um grande quintal, com piso de cacos em mosaico. Havia também piscina, churrasqueira e um canil. Na parede principal da sala, os nichos com as canecas dos festivais de chope.

A Madureira de minha meninice fica justamente entre a Carvalho de Souza e a Avenida Edgard Romero, onde estava a Casa

Hilda. Na divisa dos dois pontos, o viaduto Negrão de Lima era o portal que marcava a passagem do bairro de casas para o bairro do comércio. Antes do viaduto, ruas mais tranquilas, crianças correndo pelas calçadas. Depois dele, a frenética dança de centopeias. Fileiras de gente e carros e camelôs e guarda-chuvas e comigo é mais barato, paga um leva dois, só hoje, freguesa.

Um dia meu pai me disse que Madureira tem as melhores escolas de samba do mundo, a Portela e o Império Serrano. Mas eu sabia que, embora a maioria da família torcesse para a Portela, era o Império que mexia com ele. Isso o velho nunca me disse, mas dava para notar quando a gente ia ver o desfile. Bastava a verde e branca entrar na Avenida que o rosto do pai ruborizava. O velho, então, ficava de pé. Nenhuma outra ação. Não sambava, não cantava a plenos pulmões. E, contudo, eu conseguia enxergar a paixão escapando dos olhos também já vermelhos. A vazante que ele tentava conter.

Nunca, durante o tempo em que morei em Madureira, cheguei a entrar na quadra do Império, ou da Portela. Meu carnaval tinha um posto fixo — e privilegiado. A varanda do sobrado da bisavó, na mesma Carvalho de Souza, de onde podia assistir do alto à passagem do Bloco das Piranhas.

Ali, ao lado de meus tios, aprendi a ler. Soletrava os nomes das lojas — Casa Olga, Casa Baptista, A Universal —, ignorando que a memória cravaria fundo essa caligrafia. Letras para escrever o futuro. Sempre.

Meu pai me disse que a galeria dos peixinhos na verdade se chama São Luiz e que não há raspadinha melhor que a do Shopping Tem Tudo, onde eu ia com os primos nos fins de semana. Groselha, a melhor entre as melhores. Disse, ainda, que eu devia trazer fitinhas da festa de São José Operário cada vez que subisse o morro no 1º de Maio. São três pedidos, tem que amarrar bem. Quando arrebentar, eles se realizam.

Meu pai me disse que anchova é melhor que linguado, contrafilé é mais saboroso que filé-mignon, trilha é melhor que sardinha, 22 é maluco, 52 é galo. Que Herivelto Martins é o maior compositor do Brasil; Roberto Ribeiro, o melhor cantor; João Saldanha, o melhor técnico; o Botafogo, o melhor time. Que valente resolve os problemas na rua, que bandido bom é bandido morto.

Um dia meu pai parou de dizer coisas. Já não morávamos em Madureira fazia muito tempo, a Casa Hilda sucumbira às mudanças econômicas. Vida que segue, como no bordão do Saldanha, fui tratar do inventário. Duas caixas imensas de papéis. Entre extratos de banco, escrituras velhas, certidões, registros, anotações, carteiras de clubes, reencontrei a infância.

Passara duas dezenas de anos longe dela. Remexendo nos documentos, percebi que parei de ouvir o que meu pai dizia bem antes de ele parar de dizer, fossem tolices ou não. Que nunca tomei um chope com o velho, embora tivéssemos nos prometido isso quando fui visitá-lo, já doente, e sabíamos os dois que não aconteceria. Um pacto silencioso feito de mentira e afeto.

Assim como o Negrão de Lima, o inventário foi um portal. Voltei a Madureira, entrei pela primeira vez na quadra do Império, onde, viria a descobrir, funcionou o antigo Mercadão. Revisitei a casa da Carvalho de Souza, agora uma clínica médica cercada de inferninhos, o sobrado rosa da bisa. Fui ver jogo do Tricolor Suburbano em Conselheiro Galvão. Às vezes, caminho pela Estrada do Portela só para encontrar a Polo 1, o Bobs, as Lojas Americanas, lembrar onde funcionou a Casa Sloper, ouvir os reclames de comida a quilo e pau-de-selfie, me abismar com o extenso verde do Parque. Madureira, tão diferente daquela que resiste na retina. E tão igual. É lá que o pai mora hoje.

O mistério do joelho

Trata-se de mistério comparável à localização do Eldorado ou à leitura do Manuscrito Voynich: por que diabos aquele salgado feito com massa de pão recheada de queijo e presunto é chamado pelos cariocas de "joelho"? Sim, chamado desse jeito por quem nasceu ou mora no Rio, pois a iguaria recebe o nome de "italiano" em Niterói, que fica uma ponte adiante. Para os paulistas, é "bauru" ou "bauruzinho". Mas também há quem denomine "pão-pizza", "americano", "enroladinho", ou simplesmente aponte para a vitrine-estufa e peça "esse negócio aí de queijo com presunto".

O joelho é um clássico suburbano. Talvez a presença mais certa, quando observamos o rol de salgados, nas lanchonetes dos bairros de classe média baixa ao longo do país. Atrai pela pujança de suas formas, que prometem um empanturramento imediato, e também pelo ecletismo: serve tanto para matar a fome que pinta no meio do dia quanto como substituto do almoço. Diria que, se o Brasil tivesse a influência global dos Estados Unidos, as lojas de fast-food ao redor do mundo venderiam joelho com caldo de cana, em vez de hambúrguer com refrigerante.

Quando moleque, circulava bastante entre Madureira, Cascadura, Piedade, Encantado, Méier, e fiz um mapeamento dos melhores joelhos da região. Em geral eram aqueles mais generosos no recheio. As lanchonetes costumavam servi-los em pares, ainda que o freguês pedisse apenas um. Estratégia de comércio. O outro ficava no prato, à espreita, como que suplicando por uma chance. Difícil recusar, sobretudo se a fornada terminara de sair e o queijo derretido se espraiava para fora do salgado, lânguido, quase pornográfico.

Mas voltemos à origem do termo. Conta-se que o lanche surgiu na extinta Casa Chantal, localizada na Praça Tiradentes, no Centro carioca. A loja, em seus áureos tempos, teria sido frequentada por personalidades como o jurista Ruy Barbosa e o escritor João do Rio. Segundo esse relato, o quitute recebia o nome de "chantalet de queijo e presunto" — uma referência direta ao título do estabelecimento comercial. E, na arrumação da vitrine, era colocado sempre na prateleira inferior à das coxinhas de galinha. O que teria inspirado o poeta Emílio de Menezes, conhecido pelos sonetos satíricos, a rebatizá-lo. Logo abaixo da coxa, afinal, fica o joelho.

Se a narrativa é verídica, ao menos em parte, não posso garantir. A referida Casa Chantal, por exemplo, nunca existiu. Tampouco conheço a raiz das tantas e tão diferentes alcunhas do salgado. É bem provável que compreendam relatos inusitados como esse, da Chantal. Até porque o joelho não se encontra sozinho na prateleira dos alimentos com nomes sortidos e biografia insólita. O sacolé está aí que não me deixa mentir.

Chamado também de "chupe-chupe", "flautinha", "lili", "legalzinho", "brasinha", "dim-dim", "big-bem", "dudu" e até de "chopp", esse tipo peculiar de sorvete remonta à Segunda Guerra Mundial. Os marinheiros norte-americanos recebiam sua comida — congelada, processada e carregada de proteína — envolta em sacos plásticos para o consumo entre as batalhas. A ideia foi trazida para cá, onde o clima tropical e a criatividade acabaram favorecendo a conversão do que era salgado em doce. A refeição principal virou sobremesa e o sacolé, uma invenção tão brasileira quanto o avião, o relógio de pulso, o escorredor de arroz ou aquele acepipe de queijo e presunto com apelido de articulação óssea.

Um joelho para começar e, depois, o sacolé. Que os nutricionistas não me ouçam, mas o combo parece irresistível.

Pípi, Mími, Vóvi

É costume se dizer que apelido só pega quando o apelidado reage mal à homenagem. O melindre seria a cola rápida capaz de atar definitivamente, ou quase, a alcunha ao indivíduo. Falo a partir do que ouço, pois, tirando os previsíveis diminutivos para alguém que mede 1m68 e cujo nome é Marcelo, nunca tive apelidos muito sólidos.

Na escola, em meio à profusão de Marcelos, fui Marcelinho, Francisco, Chico — nesses dois casos, uma alusão ao segundo prenome. Não eram propriamente apelidos. Marcelo também deu origem a Tchelo, como alguns amigos da adolescência me chamavam. Nenhum se firmou. Talvez porque faltasse aquele ingrediente gaiato, travesso, que serve de amálgama.

Dentro do universo familiar, contudo, apelidei praticamente todos os irmãos. Para Mary, a mais velha, concebi o vocábulo Bimã. Imagino que seja uma corruptela de "irmã". Sandra, sei lá por quê, era a Kiká e Lilian, a Lilhá. Com o nascimento do Flávio, dois anos mais novo, arranjei meu primeiro apelido. O Cacá que ele usava para me designar, e cuja procedência até hoje desconhecemos, seria adotado também pela caçula Flávia. Mas ela não se furtou a revelar a própria capacidade inventiva ao apelidar meu irmão. Na língua ainda embaçada da criança, o que era para soar como diminutivo carinhoso tomou contornos cruéis. Ele virou o Tadinho.

Do ponto de vista etimológico, a palavra "apelido" vem do latim. *Appelitare*, radicado em *appelare*, significa "chamar". O filólogo Deonísio da Silva ensina que o termo se relaciona à antiga raiz indo-europeia *pel*: agitar, sacudir. Provavelmente, especula o professor, porque no passado a linguagem oral não bastava para se chamar a atenção de alguém. Era praxe se tocar no corpo da pessoa.

Os apelidos são usados desde a época da Roma antiga. No princípio, serviam para diferenciar indivíduos que têm o mesmo nome. O uso galhofeiro, portanto, é um fenômeno moderno.

A História aponta que muitos apelidos acabaram se tornando sobrenomes. É o caso do toponímico e popularíssimo Silva, que, oriundo do termo em latim "selva", designava moradores das regiões de mata. E também de Oliveira, Pereira, Lima, Pinheiro, relacionados a plantações ou marcos geográficos. Aliás, em Portugal, onde nasceram todos esses vocábulos, apelido significa sobrenome. O meu, por lá, seria simplesmente Moutinho.

O escritor inglês William Hazlitt dizia que "uma alcunha é a pedra mais pesada que o diabo pode atirar em alguém". Mas, em alguns casos, o apelido conquista tamanho protagonismo que é incorporado ao nome completo. Aqui mesmo no Brasil temos um exemplo célebre. O ex-presidente da República Luiz Inácio da Silva — ele que recebera de Leonel Brizola, notório apelidador, o epíteto de Sapo Barbudo — incluiu o "Lula" na certidão de nascimento. Entre as tantas pedras que têm carregado nos últimos tempos, não consta que seja a mais pesada.

Toda essa digressão, porém, é apenas para contar que finalmente ganhei um novo apelido: Pípi. É como Lia me chama faz alguns meses. Na flor de seus cinco anos, ela desandou a criar alcunhas para os que a cercam — e com certa coerência linguística. A mãe tornou-se Mími; a avó, Vóvi. O gato Tobias, recém-chegado, logo variou para Tóbi.

Desconfio que essa vontade em rebatizar o entorno tenha

relação com *Marcelo marmelo martelo*. Já na estreia, o livro de Ruth Rocha sagrou-se o campeão na lista afetiva das nossas leituras pré-sono. É possível que, assim como o protagonista da história infantil, Lia queira dar um toque pessoal aos signos, embora sem desconectar a nova palavra daquilo, ou daquele, que nomeia. "Papai" existem muitos, "Pípi" é o papai dela.

Sem saber, minha pequena restaurou em âmbito familiar a gênese do vocábulo. Quando ouço sua voz aguda pronunciando o apelido com as duas sílabas terminadas em "i", é como se ela ternamente me tocasse, sacudisse qualquer resquício de angústia. Seja nos momentos idílicos, de carinho profundo, seja no estridente berro que vem do banheiro, à guisa de convocação: "Pípi, fiz cocô!".

Um abraço

Quando cheguei, a Anabella López já conversava com as crianças. Meu atraso, que se devia a um capotamento na Avenida Presidente Vargas, era de uns quinze ou vinte minutos. Anabella parecia à vontade, apesar de não dominar totalmente o Português. Lia trechos do livro, em revezamento com uma das meninas, e comentava a história que criamos juntos — eu, o texto; ela, as ilustraçoes.

A plateia era composta por alunos de uma escola pública, que naquela quinta-feira foram levados pelos professores ao Salão da Feira Nacional do Livro Infanto-Juvenil. Eu nunca havia conversado com crianças em um evento literário. Confesso que estava algo sem jeito, mas subi ao pequeno palco e, ao lado de Anabella, terminei de fazer a leitura. Então vieram as perguntas.

— Por que a menina tem uma gata?
— Por que o médico diz para ela dormir?
— Por que ela para de ver as cores?
— O que você desenhou primeiro?
— É muito difícil desenhar?

Não, todo mundo pode desenhar, respondeu Anabella. É igual a dançar. Todo mundo pode dançar.

Aos poucos, o gelo espesso que se costuma se erguer entre palco e plateia desfazia-se. Os meninos guardavam seus celulares, paravam de tirar fotos e passavam a falar diretamente com nós dois.

Lembrei da feira literária que acontecia todo ano na minha escola. De mim mesmo, garoto, tomado de fascínio pelos autores;

um tipo de arrebatamento que é exclusivo da juventude mais tenra. Era bom ver aquelas pessoas para além do nome grafado nas capas dos livros. Tê-los conosco, falando com a turma, nos dando atenção.

Estudei num colégio particular, no subúrbio do Rio. Escritores não costumavam ir ao subúrbio. Ainda hoje não costumam ir. Naquela quinta-feira, eu era o escritor. Não sei onde fica a escola daqueles meninos, mas é uma instituição pública, o que me permite imaginar que falávamos com crianças sem direito a muitos luxos na vida.

Terminada a apresentação, nos vimos rodeados por eles. Queriam autógrafos em seus cadernos, registrar o encontro em fotos, talvez para publicar em suas redes sociais, talvez apenas para guardar uma recordação.

Ficamos alguns minutos ali, eu e Anabella, entre o contentamento de notar que nossa história agradou e a estranheza que é se ver, de súbito, na condição de estrela. Ainda que tivessem acabado de nos conhecer.

O local já estava quase vazio quando um menino magrelo, os olhos miúdos de timidez, aproximou-se de mim:

— Tio, você pode me dar um abraço?

Ele não ouviu falar de meus outros livros, desconhece que sou jornalista, que tenho quatro irmãos e perdi minha mãe e uma irmã em acidentes estúpidos. Ignora onde moro, para onde já viajei, se jogo futebol, quem são meus amigos. Se já me feri ou machuquei os outros. Tampouco sabe que escrevo crônicas e que ele acabaria virando personagem de uma delas.

O menino queria um abraço. Às vezes, é só o que se quer.

Piso de cacos

Quando a editora Record me pediu uma sugestão de imagem para o designer que faria a capa de *Rua de dentro*, logo me lembrei do piso de cacos de cerâmica. Trata-se de um revestimento típico dos quintais suburbanos do Rio de Janeiro, e o livro fala justamente daqueles que estão situados à sombra das grandes avenidas, do recorte viciado dos cartões-postais. Para além disso, ao evocar o quintal, a imagem demarcava um espaço fronteiriço. De um lado, as ruas nas quais se dá a experiência coletiva. Do outro, a casa, nossa cartografia íntima.

O contato com os leitores acabou por me revelar que a popularidade do piso de cacos extrapola — e muito — os limites do Rio. E instigou minha curiosidade sobre sua origem. A história é inusitada.

Nos anos 1940, um polo de produção de cerâmica se consolidou no Estado de São Paulo. A Cerâmica São Caetano, localizada na cidade homônima, era uma das principais indústrias. Com seus três mil empregados, construía placas de 20 cm x 20 cm tingidas de vermelho (as mais baratas), amarelo, branco e preto (mais custosas). Muitas dessas placas trincavam ou quebravam. Havia, então, o descarte.

Ao perceber que parte da fabricação virava lixo, um dos funcionários da empresa pediu para ficar com algumas das peças defeituosas. Ele teve a ideia de colorir o piso de seu quintal que, como era comum nas casas das classes baixa e média baixa, tinha pavimentação em cimento queimado.

O mosaico rapidamente chamou a atenção dos vizinhos. Em pouco tempo, virou moda no bairro e até matéria em jornal. A ponto de a procura ser tanta que os donos da fábrica decidiram cobrar pelos cacos. O preço, no início, correspondia a 30% de uma peça íntegra. Mas logo o olho cresceu. A empresa passou a quebrar a cerâmica e o que era refugo se tornou mais caro do que o produto original.

Com a expansão da moradia em prédios e condomínios, o piso de cacos foi aos poucos sendo abandonado. Hoje, sua imagem costuma remeter a um passado familiar, quase idílico. A casa da avó, da tia, ou dos pais. Que retorna, como uma chuva ligeira em dia quente de verão.

Foi no mosaico colorido de um quintal de Madureira que minha infância deu seus primeiros passos. Apesar da distância do tempo, a imagem daquele piso permanece intacta. A vaga para o carro, o balanço onde brincava com meus irmãos, o banco que nos servia de escada para observar o mundo.

Uma das narrativas míticas do Ifá, religião de matriz africana, conta que Obatalá recebeu de Olodumaré a missão de moldar todos os seres tendo o barro como elemento. Após delinear cada um, ele soprava o èmí (sopro da alma), possibilitando a existência. Mas o barro é finito, logo terminaria. Para resolver o problema, Olodumaré estabeleceu um ciclo em nossa passagem pelo Aiè, o plano físico. Os seres, após determinado período, deveriam retornar à substância originária a fim de que novos indivíduos pudessem ganhar molde e então nascer.

Meu pai já se foi, minha mãe também. Eu e Lia, com seus cinco anos, somos barro desse barro desfeito.

Certo dia o empregado de uma fábrica em São Caetano se cansou da monotonia cromática de sua casa e, sem dinheiro, transformou o sobejo em arte. Os cacos dessa história se espalharam por quintais país afora, ajudaram a escrever outras histórias. De mortes que viram vida, da vida que jamais sucumbe porque se faz lembrança.

Esta cidade pecaminosa e aflita

Conversa fiada

Machado de Assis desconfiava que a crônica nasceu de um papo trivial entre duas vizinhas. "Entre o jantar e a merenda, sentaram-se à porta, para debicar os sucessos do dia", relata. Reclamavam do calor que castigava a cidade. Do sol passaram à ceia de ontem, e da ceia às ervas, às plantações, aos moradores do bairro. Conversa fiada, que o próprio Machado ajudou a transformar em gênero literário.

Um gênero urbano. A crônica está umbilicalmente ligada à cidade e, mais do que qualquer outra, ao Rio de Janeiro. Foi no Rio que José de Alencar, Benjamin Constallat, Coelho Neto, Rachel de Queiroz e tantos outros garimparam entre a crítica, a reportagem e o ensaio essa forma tão singular de registro. Leve, subjetivo, coloquial.

Dos 455 anos que a cidade soma, ao menos 150 foram relatados por seus cronistas. À margem das grandes narrativas, a crônica escreve a história do Rio em pedrinhas miúdas.

A abolição da escravatura, a mudança do regime, a reforma de Pereira Passos, jogos de futebol, passeatas, nada passou imune ao olhar dos escritores. Com graça e sem solenidade, eles iluminaram personagens, valores, comportamentos.

Em 1907, João do Rio espantava-se ante as moças que, sentadas à mesa da confeitaria, pedem chope e uísque ao garçom. "Há dez anos tomariam sorvete, de olhos baixos e acanhados", observa. Eram as "modern girls".

Oitenta anos depois, João Antônio saudaria o Valete de

Copos. Apelidado de Paçoca, ele vivia entre a Lapa e o Beco da Fome, "gostava de tango, era amigo de Nelson Cavaquinho, tratava marafona como princesa e havia consumido quase tudo de F. Scott Fizgerald". "Matou-se de viver e beber", resumiu o cronista.

Uma cidade é também a síntese de seus habitantes. E de suas cisões. No caso do Rio, fundadas sobretudo na tensão — recorrente — entre memória e progresso. Como mostra Benjamin Costalatt em 1923, ao reclamar dos impactos da abertura da Avenida Central, ocorrida dezoito anos antes, na vida do carioca. "Uma calamidade! Os hábitos, os costumes, a moralidade, tudo sem exceção teve o mesmo destino das casas velhas derrubadas impiedosamente, sacrificadas pela picareta, para abrir alas à grande artéria da cidade", bradou. Manuel Bandeira, por sua vez, saudava a "linda e brasileira" Avenida, que para João do Rio era "o poema das aspirações do Brasil moderno".

O embate entre o Rio "bárbaro" e o Rio "civilizado", aliás, teve na crônica seu palco principal. Em texto de 1922, Coelho Neto classificou o Morro do Castelo, que acabaria derrubado, como "um quisto no rosto da cidade, uma verruga monstro que está, há muito, pedindo exérese".

Dezesseis anos antes, Bilac horrorizara-se ante os romeiros da Penha que irrompiam nos bulevares do Centro: "Era a ressurreição da barbaria — era a idade selvagem que voltava, como uma alma do outro mundo, vindo perturbar e envergonhar a vida da cidade civilizada".

Do outro lado do ringue, Lima Barreto defendia o Rio agonizante. Em crônica de 1915, ele bateu forte na suntuosidade do prédio da Biblioteca Nacional, inaugurado à Avenida Rio Branco: "O Estado tem curiosas concepções, e este, de abrigar uma casa de instrução, destinada aos pobres-diabos, em um palácio intimidador, é uma delas".

Quando a barra pesa, na década de 1960, muitos cronistas valem-se do filtro do cotidiano para falar da repressão política. Entre eles, Carlinhos de Oliveira. Ao reportar o clássico no Maracanã, o escritor lamenta a tentativa de agressão a um vascaíno pela torcida alvinegra. "Por pouco não foi massacrado. Arrancaram-lhe a bandeira, vaiaram-no, jogaram em cima dele uma porção de bolotas de papel. Enquanto isso, o PARA-SAR poderia estar lançando um psicanalista no meio do Oceano Atlântico: ninguém notaria", comenta. Na cena recortada do dia a dia, a analogia com a situação da cidade e do país.

"Gosto de catar o mínimo e o escondido. Onde ninguém mete o nariz, aí entra o meu com a curiosidade estreita e aguda que descobre o encoberto", anotou Machado em 1897. O pé na rua, sempre. Seja para colher ainda no nascedouro gírias como "bonde" e "otário", à maneira de Orestes Barbosa. Ou, na esteira de Fernando Sabino, tentar definir o carioca, "para quem 'pois não' quer dizer 'sim', 'pois sim' quer dizer 'não'; 'com certeza', 'certamente', 'sem dúvida' são afirmações categóricas que em geral significam apenas uma possibilidade".

Foi com um livro de crônicas que tive meu primeiro contato com a literatura para além dos títulos infanto-juvenis. A professora de Português levara para a sala de aula o texto intitulado "Depois do jantar". Nele, Carlos Drummond de Andrade relata, com base no diálogo entre assaltante e vítima, a tentativa do roubo de um relógio às margens da Lagoa Rodrigo de Freitas. Aquela história tão cheia de verve parecia mais próxima do cotidiano do que qualquer outra com a qual houvesse me deparado até então. Logo consegui um exemplar de *Os dias lindos*, o livro que traz a tal crônica, e, aos treze anos de idade, cumpri o rito de passagem. A Coleção Vagalume ficava para trás.

O crítico e ex-acadêmico Eduardo Portella costumava dizer que o cronista tem um apego provinciano à metrópole. Vou além. Ele se confunde com a cidade, sente-se parte de seu calçamento, da argamassa dos muros, do burburinho da multidão. "Demoli-me com a Praça 11, fui incendiado com o Parc Royal", afirmou Drummond, levando ao paroxismo essa relação já tão íntima.

Otto Lara Resende, ao lembrar de Rubem Braga, conta que em tempos difíceis o amigo "se punha a par das nuvens negras, mas não mantinha o olhar fixo no pé-direito alto da crise". Foi assim no dia em que, ante a greve geral, Rubem telefonou para Otto e convidou-o a ir ao Bar Luiz: "Vamos ver a crise de perto".

A rua, mais uma vez. Onde os brotinhos de Paulo Mendes Campos usam óculos como se fossem enfeite e Clarice Lispector sente uma folha seca tocar os cílios, em delicada epifania. Embora os jornais hoje prefiram artigos cheios de opinião e certezas, a crônica insiste em vagabundear pelo Rio. Praticamente expulsa dos impressos, encontrou refúgio na internet, de onde descreve a cidade nos mínimos movimentos. O homem que dá braçadas, solitário, no mar de Ipanema, os bares que morrem, o voo de uma borboleta amarela.

Tarde no Centro

Eram 15h39 quando o filete de sol marcou o piso de pedras portuguesas da Cinelândia, como se dividisse a praça em duas partes. O dia, até então, se mantivera nublado. No ponto do VLT, ao sentir a estreita faixa de claridade espetar os olhos, a moça tirou da bolsa os óculos escuros, pôs sobre o nariz. Os demais passageiros, à espera, não notaram o rasgo luminoso no céu cinza.

Num amarelo esmaecido, a linha partia do alto do prédio da Biblioteca Nacional, atravessava a Avenida Rio Branco e se estendia até a calçada do antigo Cinema Pathê. Hoje, uma loja da Igreja Universal.

Junto ao caixa da *bomboniére* que por tantos anos alimentou as sessões, alguém comprava uma lata de Coca Zero. Torta alemã (fatia) — R$ 11,00, Brigadeiro com coco (fatia) — R$ 11,50, anunciava a placa logo à frente das elegantes prateleiras em vidro e madeira escura, uma réstia do tempo dos filmes no tempo das preces.

Dois homens conversavam no hall da igreja, sem que se pudesse escutá-los. Os acessos à sala principal, escancarados, impeliam a entrar. Convite que o cartaz que toma a parede externa tornava expresso. "Atenção: aqui tem Congresso do Sucesso toda segunda-feira. Para que as portas que estão fechadas sejam abertas".

Enquanto isso, defronte ao busto de Juscelino Kubitschek, o senhor de terno preto berrava trechos dos Salmos. Não havia ninguém em volta e pouco parecia importar. Bíblia presa à mão direita, ele pregava para os imaginários ouvintes com a certeza entusiasmada do dogma.

"Fala baixo!". Sobressaltado, o mendigo que dormia num banco próximo o repreendeu. No outro banco, poucos metros adiante, uma jovem de vestido xadrez fumava calmamente. O senhor calvo passou por ela, ameaçou se sentar, mas terminou por prosseguir em sua caminhada.

O apito agudo do VLT então soou, pedindo atenção. E outro apito. Um terceiro. Enfim a buzina da moto do agente que escolta o bonde. A buzina insistente.

O menino correu. "Cuidado!" Uma voz feminina, vazando desespero. O menino tropeçou no meio-fio, caiu sobre o canteiro lateral. A dona da voz o ajudou a levantar, recolheu a mochila, o celular. Ele esfregou o cotovelo, limpou o resto de terra que se colara ao braço. Com a mochila novamente às costas, rapidamente ganhou os metros até o café do Odeon.

A mulher se dirigiu ao edifício de janelas em fumê. O McDonald's, sempre abarrotado. Entrou na fila do sorvete.

No Verdinho, um casal conversava, dois chopes à mesa, os garçons imersos no futebol que a TV transmitia. Foram despertos por um som repentino. Vinha da rua, e reverberava.

A revoada de pombos se deteve em frente ao Pathé. Cabelos grisalhos presos em coque, a senhora retirava milho do saco plástico e lançava ao ar em movimentos sinuosos, quase uma dança. Os grãos se espargiam pela calçada, embrenhavam-se nos sulcos entre as pedras portuguesas.

Foi quando percebi que o filete de sol desaparecera.

Pequena ilusão de eternidade

O escritor Franz Kafka imaginava uma reunião em que as pessoas aparecessem sem ser convidadas. Na qual poderiam se ver ou conversar sem necessariamente se conhecer direito — ninguém faria oposição à entrada ou saída de ninguém. O autor tcheco, contudo, nunca transformou essa alegoria em texto. Numa célebre crônica, Paulo Mendes Campos sugere o motivo: é porque ela já existe, corporificada sob a forma do bar.

Quando vim morar na Rua Álvaro Ramos, há pouco mais de cinco anos, encontrei no Flor de Botafogo um nome para a imagem concebida por Kafka e redesenhada pelo cronista mineiro. O encanto foi imediato. Já o primeiro dia no novo apartamento, desci para uma cerveja no Flor. Não demorou até que amigos da vizinhança — o Paulo, a Joana, o Jason — pintassem na área. Logo conheceria o resto da trupe que fez do querido boteco uma extensão de suas, nossas, casas.

Nas mesinhas dispostas sobre a calçada, ante o olhar sempre atento do imperiano Bira, falamos de dores, as mais fundas, e alegrias. De perdas e ganhos. De livros, futebol, macumba, música, crianças — a vida que corria, apressada, ao menos até pararmos ali.

O bar, dizia o mesmo Mendes Campos, é onde o espinho da solidão dói mais ou menos. E assim sucede porque quando uma solidão encontra a outra, e há afeição, a morte começa a parecer algo distante. Entre conversas, copos americanos, saideiras, um vislumbre de utopia. Nossa pequena ilusão de eternidade.

Mas os bares morrem. E o Flor de Botafogo fechou suas portas. Não numa quarta-feira, como na crônica de Mendes

Campos, mas numa sexta, a última de 2018. Nossa trupe passou a se arriscar em outras calçadas, outros balcões. Onde o Flor acaba sendo evocado, porque a saudade é um abismo que a gente precisa sobrevoar de vez em quando.

Ao caminhar recentemente pelo Centro, me espantei com a quantidade de comércios fechados. Por todo o Rio de Janeiro, e imagino que nas outras cidades o cenário se repita, a pandemia deixa seu terrível lastro. Morrem familiares, amigos, conhecidos e também espaços de pertencimento.

O El Cid, em Copacabana, com sua reluzente decadência; o Hipódromo, no coração do Baixo Gávea; o Esquimó, que por sessenta anos serviu almoço com refresco incluído a preço módico aos trabalhadores do Centro; o Almada, na Praça da Bandeira; o histórico Villarino. Todos foram obrigados a encerrar as atividades.

Outros estabelecimentos referenciais, como a Casa Paladino, lutam pela sobrevivência. Já são mais de mil bares e restaurantes fechados somente no Rio. Cada qual, assim como o Flor de Botafogo, encarnava um pequeno universo. Com seus fregueses assíduos, seus códigos, suas histórias.

O poeta Charles Baudelaire escreveu que uma cidade muda mais rápido que um coração mortal. A cidade se reconfigura e nossos afetos, como bússolas alquebradas, insistem em procurar o norte que já não existe. Falar em afeto num tempo em que a frieza contida na expressão "gelo no sangue" virou bordão, pretenso signo de poder, talvez seja um anacronismo. Mas a recordação do Flor de Botafogo e essa tristeza toda subitamente me lembraram outra flor, a de Drummond. Aquela que, ainda desbotada, furou o asfalto, o tédio, o nojo e o ódio. Quem sabe ela esteja em algum canto, no estado de semente.

Jota Efegê e a Sebastianópolis

Negro, carioca e torcedor do Madureira — "talvez o único", provocava o amigo Drummond —, João Ferreira Gomes cumpriu durante quase seis décadas um ritual rígido. A cada manhã, saía de casa rumo à Biblioteca Nacional, onde, debruçado sobre antigos periódicos, buscaria notícias que fizessem por merecer uma segunda chance em suas crônicas. A Jota Efegê interessavam as informações de canto de página, não as manchetes. Com esse lastro aparentemente ordinário, ele resenhou os modos e costumes da cidade onde viveu: o Rio de Janeiro. Que, na amorosa alcunha que alude ao santo padroeiro, chamava de "Sebastianópolis".

Efegê morreu em 1987, num 25 de maio. Merece ser lembrado. Embora pesquisador rigoroso, nunca se limitou ao papel acomodado do memorialista de gabinete. Aprazia-lhe a alma encantadora das ruas, que começou a conhecer ainda pequeno sob influência da avó, responsável por sua criação. Tia Leandra levou-o aos candomblés da Saúde e da Gamboa, à festa da Penha, aos pequenos ranchos do subúrbio. Quando se tornou jornalista, as andanças pelo Centro, por morros, terreiros, bordéis, gafieiras, teatros e botecos, já haviam sido inscritas no rol dos afetos mais particulares.

A força dos textos de Efegê parece nascer justamente dessa articulação entre a investigação teórica e a experiência prática. Garimpadas em velhos jornais, suas prosaicas descobertas radiografam as transformações sofridas pela cidade. Em texto de 1973, veiculado em *O Globo*, ele nos apresenta o harpista Paschoal, que se exibia na Leiteria Palmira. Mais do que desvelar o inusitado feito de o músico ter ministrado aulas de harpa à Princesa Isabel, Efegê quer comentar é o desaparecimento das "leiterias clássicas" e, por consequência, da "serenidade que reinava em seu ambiente, sem falatório atordoante, sem risadas estridentes".

São micro abordagens à margem da grande História, nas quais o cronista nos traz personagens singularíssimos. Gente como Altamira Machado, jogador do Bonsucesso e do Botafogo, que mesmo em universo machista como o futebol era conhecido por um nome feminino: Dona Júlia. Ou Carlos Charlot, o vigarista que ganhou dinheiro passando-se por Carlitos nos teatros do Centro.

Essas figuras despontam ao lado de Careca, o folião que, abandonado pela mulher, purgou a mágoa fundando um bloco chamado "Foi ela que me deixou", e Canarinho, primeiro repórter esportivo a efetivamente se aproximar do campo onde a bola corre. "Vendo de perto o que acontecia, ele dava pelo microfone, rápida e exatamente, a notícia: 'Não, Ary. Não houve nada! O goleiro está fazendo cinema. Não houve contusão", descreve Efegê. Ary, no caso, era o Barroso, que tinha duplo ofício: compositor e narrador.

Graças a Efegê, descobrimos que Chico Anysio, no verde dos seus 14 anos e muito antes da fama, foi notícia de jornal devido à conquista de um torneio de futebol de botão. Ou que, em 1937, o já célebre Cartola venceu um concurso entre sambistas. "Passada a euforia, ainda com o ruído dos aplausos nos ouvidos, ele se dirigiu à agência de penhores da Caixa Econômica, na Praça da Bandeira, e botou a bonita medalha no 'prego'", relata.

No inventário do cronista, o olhar sobre a cidade privilegia duas de suas marcas: o samba e o carnaval. Efegê comenta episódios emblemáticos, como o surgimento do tradicional Cordão da Bola Preta (1918) e a ação do Clube dos Tenentes do Diabo num evento posteriormente questionado por historiadores: em 1864, a entidade teria abdicado de desfilar e canalizado a verba dos carros alegóricos à compra de cartas de alforria de escravos negros. Conta, também, a origem do Rei Momo e sua importação pelo carnaval do Rio, quando, por iniciativa do jornal *A Noite*, o personagem passou de boneco de papelão a "carne, gordura e alguns ossos". Primeiro a encarnar o nobre balofo, o cronista de turfe Moraes Cardoso saiu pelas ruas com uma roupa emprestada pela produção da ópera *O Rigoleto*, em cartaz no Theatro Municipal naquele 1933.

As crônicas de Efegê deixam patente sua decepção com os rumos do carnaval. Ao tratar da chegada do confete "como o chique da festa" carioca, ele lamenta que setenta anos depois "os arremessos que antes se faziam fartos" sejam parcos e caiam sobre os alvejados "como chuvinha miúda". Com relação às escolas de samba, a crítica é ainda mais dura. Algumas das ponderações parecem ter sido escritas hoje. "Buscando cenógrafos eruditos, coreógrafos cultos, músicos e executantes que leem nas cinco linhas de pauta, [as agremiações] truncam a essência folclórica própria e tornam-se esplendorosos 'shows' bem dirigidos", observa o cronista. O texto é de 1964.

Essa defesa da 'pureza' e da fidelidade do samba às suas origens ecoa nos ataques à "jazzficação" da música brasileira e na saudação, em contraponto, àqueles que definia como "sambistas na exatidão do termo", casos de Donga e Pixinguinha. A saudade evocava um Rio fiel à tradição das pastorinhas e das canções de Natal, que não queria tudo "em linha reta, rápida e decisiva, apontando do presente para o futuro". Uma cidade que mais de trinta anos após a morte de Efegê continua a servir de tema para os cronistas, como se alimentasse a certeza: por mais que mude, a "Sebastianópolis" insiste em viver.

As ruas de Loredano

Quem circula pelo Rio de Janeiro, sobretudo pelo Centro, certamente já esbarrou com o caricaturista Cássio Loredano. Cássio é o típico andarilho — ou *flâneur*, se quisermos nos valer de um termo mais frufru. Alérgico a automóveis, que qualifica como "células cancerígenas no organismo urbano", chega a atravessar bairros inteiros no esquema pé ante pé, o olhar revezando-se entre os sulcos das calçadas, a passagem dos carros e as pessoas que seguem, com ou sem pressa, a caminho de algum lugar.

Penso em Loredano e lembro de Augusto, o personagem de Rubem Fonseca. Protagonista do conto "A arte de andar pelas ruas do Rio de Janeiro", ele se torna andarilho após ganhar na loteria, o que lhe garante proventos suficientes para que deixe o emprego na Companhia de Águas e Esgotos. Passa a escrever a cidade, tentando decifrar suas mensagens secretas.

"Andar pelas ruas de uma cidade é uma arte", observa a certa altura da história. Pois Loredano tira do livro e traz para a vida a frase de Augusto. É o que pratica no dia a dia, mesmo que não tenha acertado na loteca e o sustento ainda dependa de seus desenhos. Cruzar a cidade no ritmo delicado do passo, sentir sob a sola dos sapatos — indefectíveis tênis All Star — a vibração silenciosa do chão que amalgama o pó do asfalto à pele da existência, tornando tudo uma coisa só.

A cartografia íntima de Loredano engloba Laranjeiras, Botafogo, Flamengo, Glória, Centro, e inclui paradas estratégicas. Para a compra de um novo dicionário na Livraria Folha Seca, a conversa fiada com os amigos, uma cerveja. Tudo a seu tempo.

Ele vê o que os outros quase não podem entrever, como anotou João do Rio ao descrever o movimento da *flânerie*. "As observações foram guardadas na placa sensível do cérebro; as frases, os ditos, as cenas vibram-lhe no cortical". A aparente futilidade das ruas torna-se, então, poesia.

No livro *Rio, papel e lápis*, o caricaturista redesenha a paisagem construída da cidade com essa tinta de tons tão sutis. A pequenina e secular igreja que se esconde ao fundo da Rua Faro, a estação ferroviária de Marechal Hermes, o Theatro Municipal. Símbolos evidentes e esconderijos recônditos se sucedem num roteiro que começa na Zona Sul, passa pelo subúrbio e vai terminar em Santa Cruz, no limite da geografia carioca.

As ruas de Loredano, assim como os curtos textos que acompanham as imagens, congregam passado e presente. Ele lamenta que a bela sede do Fluminense, na Rua Pinheiro Machado, tenha sido escondida por "paredões residenciais". Chama de "bizarríssimo" o Castelinho do Flamengo e abre mão do eufemismo para classificar a Avenida Presidente Vargas: "uma boçalidade".

Os traços evocam a memória, dele e da cidade, para apostar na utopia da permanência. Na faísca de eternidade que por vezes se desprende do que é, em essência, efêmero. Seja a fachada de uma antiga casa na Rua Haddock Lobo, sejam as moças que caminham ao cair da tarde pela Praça XV, diante das quais, arrebatado, o caricaturista exclama: "Como passa mulher bonita neste lugar, meu Deus".

Chama etílica

"Quando menos se espera, chega o Natal", dizia a frase de abertura da matéria entregue pelo estagiário ao editor do *Caderno B* em algum momento dos anos 1970. O inusitado espanto do aprendiz diante da data há tanto instituída rendeu muitas gargalhadas na redação do saudoso *Jornal do Brasil*. Acabou por se tornar história clássica entre os jornalistas.

O episódio veio à mente nos dias que precediam o início dos Jogos Olímpicos do Rio de Janeiro. A cidade estava tomada de referências — faixas, placas, outdoors —, voluntários passavam para lá e para cá com mochilas às costas de seus uniformes em cáqui, verde, amarelo, mas só então a ficha caía. Quando menos se esperava, chegou a Olimpíada do Rio.

Para um fã do esporte, como eu, era hora, portanto, de me inteirar sobre as regras do badminton, da luta greco-romana, do rúgbi, entre outras modalidades pouco difundidas por aqui. As emissoras de rádio e TV já haviam contratado especialistas em cada prática. Imagino que, para os iniciados nas atividades esportivas menos populares, tenha sido uma ótima oportunidade, sobretudo em tempos de carestia.

Certo dia me peguei tendo lições sobre a esgrima. Você, caro leitor, sabia que existem três categorias — florete, espada e sabre? Que os uniformes dos atletas trazem fios elétricos que registram os toques, informando à arbitragem? Aprendi tudo isso. Provavelmente, esquecerei em alguns meses.

Mas será impossível esquecer a ocasião em que o tal do

espírito olímpico ganhou de vez sotaque carioca, a ponto de chiar na letra 'S'. Foi num sábado, em Copacabana. Um tour etílico em homenagem ao garçom que, madrugada após madrugada, atendia (e aturava) os boêmios ao balcão do Galeto Sat's, na Rua Barata Ribeiro. O boa-praça Agnaldo. Com direito a tocha improvisada e *hashtag*: #agnaldoolímpico.

Partimos do bar Bip Bip e, ao som de sambas, marchinhas e gritos de "Fora, Temer", percorremos onze botecos até chegar ao Sat's. A cada parada, a tocha trocava de mão. E, claro, enchíamos novamente os copos. A condução ficou a cargo de figuras queridas na noite carioca, como os jornalistas Xico Sá, Álvaro Marechal, Graça Lago, Lúcio de Castro, o livreiro Rodrigo Ferrari e o taxista Manel, que costuma levar os assíduos frequentadores do Sat's até suas casas em segurança, após as muitas saideiras.

Com direito a batedores da polícia, a marcha chegou ao clímax quando o homenageado recebeu a tocha alternativa e acendeu a churrasqueira do bar. "Agnaldo / Guerreiro / Do povo cachaceiro", cantava a turma, os copos ao alto, feliz da vida.

"What is it?", me perguntou um turista americano quando ainda cumpríamos o trajeto. Expliquei que se tratava de tributo bem-humorado ao garçom de um restaurante. Que havíamos feito campanha para que acendesse a pira olímpica ou participasse do revezamento da tocha e, não tendo sucesso, nos animamos a traçar um circuito paralelo. "But why?", insistia.

Não compreendeu o sentido da festa. Mas o Comitê Rio 2016, sim. Logo após o tour, convidou Agnaldo, que, na quinta-feira seguinte, conduziu a tocha oficial pela Avenida Nossa Senhora de Copacabana, sob aplausos de uma pequena multidão.

Pega o Zico

— Pega o Zico! Pega o Zico! — berrava o Bith, nosso meia-armador.

Pegar, no caso, significava marcar. Gíria de peladeiro. Zico era ele mesmo, Arthur Antunes Coimbra.

Estávamos — eu, Bith e Zico — num dos campos do CFZ, o clube que o Galinho de Quintino mantém desde que encerrou a carreira de jogador. Nós, de um lado; ele, de outro, na partida que um combinado do Pindorama, a seleção brasileira de escritores, disputou contra o time de amigos do craque.

— Pega o Zico! — insistia outro companheiro de equipe. E eu corria para cercar o camisa 10, que dessa vez vestiu a 4. Cercar é mesmo o termo. Se fosse de primeira na jogada, possivelmente levaria o drible, ou ele giraria com a bola e me deixaria na saudade antes de partir em direção ao gol. Nem pensar. Dentro das quatro linhas, adversário é adversário, seja craque ou perna de pau. Regra de ouro da pelada, que sigo com rigor.

E digo a vocês: com mais de sessenta anos, o jogador de Flamengo, Udinese e Seleção Brasileira ainda se movimenta bem em campo. Está magrinho, ágil. A categoria? Intacta.

Para dificultar ainda mais a missão do Pindorama, entre os Amigos do Zico estava Júnior, outro virtuoso. Em suma, não tinha bobo no time deles, que se reúne toda quarta-feira para brincar de bola. São veteranos, é verdade, mas sabem o jogo.

— Pega o Zico — e era eu alertando Amilcar, nosso volante, enquanto corria para tentar marcar o Júnior, que atuava mais recuado. Nós corríamos, eles tocavam a bola, sem pressa. Os dez anos de juventude a nosso favor derretiam diante da experiência dos ex-jogadores profissionais.

— É o Zico, rapaz — o rubro-negro Amilcar justificava sem falar nada. A expressão do rosto, extasiada diante do ídolo, desenhava as palavras. Mas, em segundos, o sangue de boleiro fazia sobressaltar a veia. Cerca, dá o bote, fecha o chute, tira o espaço, não deixa ele respirar. Jogo que segue, com suor e sem refresco para ninguém.

Nos dois tempos, que Zico jogou inteirinhos, até que atacamos bastante, mas o goleiro deles não era fácil. Resultado: levamos um saco de gols, e marcamos dois. Um deles feito pelo Flávio, nosso centroavante e artilheiro, outro por mim. Algo a contar à filha que viria.

Partida encerrada, quase todos os jogadores-escritores do Pindorama cercaram Zico para tirar fotos, pegar autógrafos, agradecer. Refez-se, então, a dimensão do herói, do homem além do homem. Ele mesmo que, por pouco mais de setenta minutos, dividindo bolas, arriscando dribles, tentando arremates, despiu-se da roupa de mito e foi só mais um peladeiro, como nós.

Futebol de poesia

Em 1971, ainda inebriado pelo confronto entre Brasil e Itália na final da Copa do Mundo, ocorrido menos de um ano antes, o cineasta Pior Paolo Pasolini escreveu o artigo "Il calcio 'è' un linguaggio con i suoi poeti e prosatori". Publicado originalmente no jornal italiano *Il Giorno*, o texto qualificava o jogo de futebol como um sistema de signos, ou seja, uma "língua", ainda que não-verbal

Essa língua teria subcódigos, identificados a partir de uma analogia com a clássica ordenação feita pelo próprio Pasolini com alusão ao cinema. De um lado, o futebol de prosa; do outro, o futebol de poesia. O primeiro se vincularia à sintaxe, manifesta no jogo coletivo então relacionado aos jogadores europeus. O futebol de poesia, por outro lado, encontraria no escrete brasileiro seu espelho — a gênese estaria na individualidade do drible, no passe inspirado e, sobretudo, na expressão máxima do gol.

"Cada gol é sempre uma invenção, uma subversão do código: cada gol é fatalidade, fulguração, espanto, irreversibilidade. Precisamente como a palavra poética", anotou Pasolini, ressalvando que se trata de uma caracterização técnica — "Não faço distinção de valor entre a prosa e a poesia" —, que há imbricações entre as categorias, e também gradações: o "prosador poético", o "prosador realista", o "poeta realista", o "poeta maldito".

As progressivas similaridades entre o futebol latino-americano e europeu talvez tenham nublado a divisão proposta pelo cineasta, que chegou atuar nos anos 1940 como meio-campista no time de Casarsa, cidade natal de sua mãe. O gol, no entanto, continua a ser o tema preferido dos poetas quando o objeto é o futebol. Ao menos no Brasil.

"A esfera desce / do espaço / veloz / ele a apara / no peito / e a para / no ar", dizem os versos iniciais do poema de Ferreira Gullar, que culminará no "chute que / num relâmpago / a dispara / na direção / do nosso / coração". Gullar também jogou bola quando jovem, chegando a tentar a sorte como centroavante na equipe juvenil do Sampaio Corrêa.

Para Armando Freitas Filho, o gol é o "sol de um segundo", que "mata, queima e fura / o alvo do dia inimigo / que não consegue nascer / sair do zero / da sombra / da nuvem que cobre / o centro, o contra-ataque / do coração contrário / agônico e calado / cercado de gritos". Gritos que se expandem no "goooooooool" de Carlos Drummond de Andrade, ecoando a onomatopeia "na minha rua nos terraços / nos bares nas bandeiras nos morteiros", na "chuva de papeizinhos celebrando / por conta própria no ar: cada papel, / riso de dança".

No poema de Vinicius de Moraes, o gol tem nome: Garrincha. O anjo de pernas tortas se lança, "mais rápido que o próprio pensamento", num soneto feito de passes e fintas, a ouvir o canto de esperança da multidão, e enfim atendê-lo. "É pura imagem: um G que chuta um O / Dentro da meta, um L. É pura dança!". Como em Drummond, a dança.

João Cabral de Melo Neto — que se distingue na tímida produção poética brasileira sobre futebol, com seis textos a respeito do tema — curiosamente não dedicou nenhum poema ao gol. Aliás, Cabral foi outro que passou pelos gramados. Jogou de volante no América de Recife, seu time de coração, e integrou a equipe do Santa Cruz, sagrando-se campeão estadual juvenil em 1935.

Embora não tenha evocado o gol, o poeta pernambucano iluminou muitos outros aspectos do futebol. A bola, que se deve "usar com malícia e atenção / dando aos pés astúcias de mão", e que o brasileiro, "com aritméticas de circo / ele a faz ir onde é preciso". O craque, personificado por Ademir da Guia, a impor com seu jogo "o ritmo do chumbo (e o peso), / da lesma, da câmera lenta, / do homem dentro do pesadelo". E aqui vale lembrar a fama de vagaroso do ex-jogador de Bangu e Palmeiras. Onde alguns viam morosidade, Cabral enxerga um compasso que é também ardil.

Em outro Ademir, sobrenome Menezes, o poeta saúda a "marca recifense" de transitar entre o mangue e o frevo sem tropeço, a ciência de "emergir, punhal, do lento. / secar-se dele, vivo, arisco", para de súbito arrancar em direção à área do adversário.

Os dois trabalhos menos remotos de Cabral sobre o esporte, datados de 1987, ressoam a nostalgia do futebol de poesia esquadrinhado por Pasolini. "Voltamos ao futebol de ontem? / Voltou a ser um jogo dos onze / Voltou a se jogar de pilão? / Chegou até cá a subversão?", indagam os versos de "Brasil 4 x Argentina 0". Em "A múmia", o poeta encena uma pelada da qual a criatura fantástica toma parte. "Também nunca acendemos vela / para que ela, com suas trelas / / driblasse a defesa contrária / o juiz, e até as arquibancadas, // e entrasse só no gol do Esporte, / num 'gol de chapéu', com a Morte". Gol, com João Cabral, só mesmo no campo da imaginação.

Talvez porque ganhar lhe importasse menos que o jogo em si, como sugere em texto dedicado a seu clube, o América de raras conquistas. "O desábito de vencer / não cria o calo da vitória / Guarda-a sem mofo: coisa fresca / pele sensível, núbil, nova / ácida à língua qual cajá", diz o poema. A derrota, tão constante e tão íntima, só aumentava a dimensão do assombro em vez por outra experimentar o triunfo — nas palavras de João Cabral, um "salto do sol no Cais da Aurora".

Livreiros e livrarias

Antes da livraria, havia o livreiro. E já na época do Império. Consta que, em 1775, o cidadão Antônio Máximo de Brito pediu licença à mesa censória de Lisboa para importar cerca de vinte títulos, em português e francês. É o primeiro documento de que se tem notícia, no Brasil, sobre compra de livros com o fito de revenda.

Descobri o episódio ao fuçar a *História das livrarias cariocas*. No estudo, Ubiratan Machado relata as iniciativas individuais desses miúdos e desbravadores livreiros, a abertura das primeiras lojas no Rio de Janeiro, os casos de sucesso que atravessaram décadas, o aparecimento das grandes redes.

Para além de simples estabelecimentos de comércio, as livrarias da cidade se consolidaram como pontos de encontro. Espaços onde escritores, dramaturgos, artistas plásticos podiam conversar sobre estética, filosofia e política, além de praticar um de seus exercícios prediletos: a maledicência sobre os próprios pares.

No princípio do Século 19, o *point* era a Mongie, na Rua do Ouvidor. Por lá passaram autores como o romancista Joaquim Manuel de Macedo e os poetas Gonçalves Dias e Gonçalves de Magalhães. Um pouco mais tarde, mas ainda dentro do século, o posto seria assumido pela Garnier, que também ficava na Ouvidor — como, aliás, a maioria das livrarias da cidade naquele tempo.

O francês Baptiste Louis Garnier trabalhava preferencialmente com obras editadas em seu país. Era conhecido por cobrar caro pelos livros, o que levou certo dia um jornalista a indagar por que não baixava os preços, compensando o lucro menor na escala maior de venda. "A regra é o aumento do consumo na razão da barateza do mercado", argumentou o interlocutor. "Isso é possível em princípio", admitiu Garnier, para então completar: "Só que os fatos aqui são rebeldes".

Garnier era concorrente de Francisco de Paula Brito, que mantinha um misto de livraria, papelaria, tipografia e editora na Praça da Constituição (hoje, Praça Tiradentes). Sua firma era frequentada por gente como Machado de Assis, Manuel de Araújo Porto-Alegre e Casimiro de Abreu. Paula Brito, vale lembrar, foi o primeiro editor de Machado.

A turma costumava se sentar nos bancos de madeira estrategicamente instalados na calçada da loja para papear sem compromisso e observar a vida do Centro da cidade. Aos sábados, realizavam no local os encontros da Sociedade Petalógica, confraria de conversas sobre os mais variados assuntos, da beleza apolínea de um soneto à pirueta da dançarina da moda.

Livrarias como a José Olympio e a Freitas Bastos, onde Di Cavalcanti e o poeta Ronald de Carvalho chegaram às vias de fato, mantiveram essa tradição. Murilo Mendes, Otto Maria Carpeaux, Aníbal Machado e José Lins do Rêgo, por exemplo, eram figurinhas fáceis na José Olympio, cuja loja se localizava — adivinhe só — na Rua do Ouvidor. Graciliano Ramos, então morando numa pensão na Rua do Catete, passava o endereço da livraria a quem quisesse lhe enviar cartas. Era mais fácil encontrá-lo por lá do que em casa.

Tendo conhecido a literatura por meio do Círculo do Livro, clube de comércio com entrega a domicílio, só distingui as livrarias de coração quando já adulto. Primeiro, foi a Timbre, na Gávea. O corpulento Aluízio Leite, sócio e livreiro da loja, adorava indicar novas obras aos clientes habituais, e minha relativa ignorância transformava praticamente tudo em novidade. Sempre sentado à mesa que ficava logo após a porta de vidro, ele repelia obras de autoajuda (até as vendia, mas só com pagamento em dinheiro) e não hesitava em qualificar de ruim um livro, caso assim o julgasse. Aluízio tinha um humor cáustico. Quando certa vez uma dona lhe perguntou onde poderia encontrar livraria especializada em bonsais, respondeu de pronto: "Em Tóquio, minha senhora".

Passei boas horas da minha vida na Timbre, depois revezando com a vizinha Bookmakers, que era dotada de uma especial vantagem: vendia, além de livros, café, vinho e cerveja. Quando comecei a trabalhar no Centro, a Leonardo da Vinci e a Galáxia se tornaram as paragens preferenciais. Dariam lugar, em alguns anos, à Livraria da Travessa original, na Travessa do Ouvidor, e à Folha Seca.

Comandada pelo querido Rodrigo Ferrari, a Folha Seca talvez seja hoje a livraria carioca que melhor se filia à tradição da Mongie, da Garnier, da Freitas Bastos, da José Olympio. Além da feliz coincidência de se situar na Rua do Ouvidor, a empresa tem no Rodrigo uma espécie de Paula Brito contemporâneo. Mais que livreiro e editor, ele é o imã que chama, à pequenina loja de número 37, historiadores, escritores, músicos, caricaturistas e toda sorte de malucos fundamentais.

E livrarias como a Folha Seca não são apenas lugares onde se vendem livros. São, como diria Borges, todo o universo. O labirinto em que a gente se perde só para experimentar, novamente, o assombro de se encontrar.

Um bar para chamar de seu

O assunto é da mais alta relevância e, portanto, a providência deve ser tomada assim que o indivíduo chega ao novo bairro: encontrar um bar para chamar de seu. Aquele recinto em que, vestindo apenas bermuda, uma camisa velha e chinelo, você poderá tomar sua cerveja em paz. De preferência, acompanhada de bom tira-gosto — e sem chatos por perto.

No tempo em que morava na Barra, nos anos 1990, esse bar era o Maracujina. Preço baixo, comida digna e cerveja de garrafa formavam uma trinca irresistível para estudantes sem grana como eu. Muitos no bairro torciam o nariz porque o Maracujina era frequentado pelos "paraíbas" — a forma jocosa como os endinheirados chamavam aqueles que trabalhavam nas obras e portarias dos prédios da região. Como sempre achei que mistura de riqueza e segregação não está com nada, batia ponto por lá e dividia umas geladas com a turma.

O Maracujina tinha outra característica bem peculiar: era um bar do "antes" e do "depois". Em razão da cerveja barata, o pessoal que se preparava para varar a noite nas festas ou boates da moda fazia o pit-stop para o aquecimento. Algumas horas passadas, boa parte estava de volta. Esse regresso sinalizava quase sempre um plano frustrado. E vamos à saideira para purgar o fracasso.

Eu formava com o time do "durante", ao qual eram permitidas certas intimidades. Trocar acompanhamentos nos pratos, dar o telefone do bar para o caso de alguma emergência — celulares ainda eram raros. Certa vez, já animados pela cerveja, pedimos ao garçom que nos trouxesse um carpaccio, para espanto do incauto. "Não tem carpaccio no cardápio", ele respondeu. "É claro que tem", e mostramos o item na página de petiscos. Nós mesmos havíamos incluído, a caneta, minutos antes.

Quando me mudei para a Urca, a escolha não demorou. O bairro não tem tantas opções e, ao ver a profusão de táxis estacionados no entorno do pequenino Flor da Urca, quis tirar à prova uma antiga lenda urbana carioca: se o lugar atrai taxistas, a comida é boa.

Era mesmo. Os pratos do dia, sempre acompanhados de feijão e arroz, davam a sustância necessária às ampolas cobertas por aquela maravilhosa película de gelo que, entre os do ramo, garante à cerveja uma especial denominação: "cu de foca".

No Jardim Botânico, meu bar passou a ser o Jóia, ali ao pé da Rua Faro. Isso foi antes da reforma que o descaracterizou. Mais tarde, já em Laranjeiras, frequentei muitos botecos, mas — sei lá por que motivo — não cheguei a criar intimidade com nenhum deles.

Ao chegar à Lapa me revezei entre o Bar do Gomes e o Bar Brasil de acordo com o desejo da hora: cerveja de garrafa ou chope na pressão. No Gomes, tinha prerrogativas de freguês habitual. Mesmo à noite, podia pedir o prato executivo do almoço. E bastava me ver à porta que o garçom se encaminhava à geladeira para pegar uma Serramalte.

Em 2015, me mudei para Botafogo, onde vivo até hoje. Não precisei bater muita perna até ser apresentado ao Árabe. O nome que consta da placa é Flor de Botafogo, mas a cozinha libanesa logo fez valer o apelido, usado também por amigos que frequentavam há mais tempo (e em relativo segredo). O apelido, diga-se, é uma das marcas de familiaridade que autoriza a aplicação do pronome pessoal.

Com mesas e cadeiras na calçada, o Árabe servia pratos com frescor e sem frescura. Tinha um cardápio tão enxuto quanto barato. Além disso, a cerveja costumava estar no ponto. Todas essas virtudes já foram destacadas, como o leitor bem sabe, em texto anterior deste livro.

Mas deixemos de lado por um instante a honestidade da comida, a temperatura da cerveja, a acolhida dos funcionários, a descontração do ambiente. No fundo, a maior virtude do bar que nomeamos como "nosso" é outra. Aquela que justifica de antemão qualquer infidelidade futura: ele fica perto de casa.

Sambas que se apagam

Quando o ano chega à metade, as escolas do Rio de Janeiro começam a se movimentar para escolher seus sambas-enredos. O sistema de seleção, em geral, é simples: após um período de inscrições, acontecem fases eliminatórias nas quais as parcerias apresentam seu trabalho para um júri previamente constituído. O processo afunila para a semifinal e, então, para a finalíssima, quando conhecemos a obra que conduzirá a passagem pela Avenida.

Essa disputa, que no papel parece tão ponderada, quando levada à esfera prática muitas vezes redunda em confusão. Seja porque a comunidade da própria escola está dividida com relação àquele que deveria ser o samba vencedor, seja porque a arte de perder não é meramente decorativa, e os compositores derrotados canalizam para o maldizer o talento já demonstrado com as palavras.

Safras de grande qualidade costumam tornar ainda mais difícil o trabalho dos jurados. Foi o que aconteceu no Império da Tijuca em 2014, com a evocação do batuque que dá vida ao samba; na Acadêmicos da Grande Rio em 2019, com a reverência a Exu; e se repetiu em 2020 no Império Serrano, na homenagem ao capoeirista baiano Manoel Henrique Pereira, o Besouro Mangangá. São enredos que, por sua riqueza histórica e simbólica, acabam por render obras de altíssimo padrão. Tanto do ponto de vista melódico, quanto sob a perspectiva poética.

O samba-enredo vencedor será registrado em disco, constará dos aplicativos de *streaming* e provavelmente ficará na lembrança. Os versos das composições descartadas, contudo, estão condenados ao esquecimento. Por melhores que sejam. Há uma praxe segundo a qual não se gravam sambas derrotados nas quadras. As exceções são raras e confirmam a regra. Uma delas, decerto a mais famosa, se deu no próprio Império Serrano, em 1975.

Para o desfile sobre a vedete Zaquia Jorge, a escola elegera a obra de Avarese, que traz os versos "Baleiro-bala / Grita o menino assim / De Central a Madureira / É pregão até o fim". O samba teve bom desempenho na Avenida e foi cantado pela cidade. Mas o maior sucesso coube a outro, cujo destino aparentemente seria o aniquilamento.

Naquele mesmo ano, o cantor Roberto Ribeiro gravou no disco *Molejo* a parceria de Acyr Pimentel e Ubirajara Cardoso. Rebatizada de "Estrela de Madureira", a composição que chegara em segundo lugar no concurso do Império acabou estourando nas paradas. Para além disso, transcendeu o universo do carnaval. Hoje, mais de quarenta anos depois, continua a integrar o repertório das melhores rodas de samba. "E um trem de luxo parte / a exaltar a sua arte / que encantou Madureira", as pessoas cantam em coro, não raro ignorando que se trata de um samba, originalmente, de enredo.

"Estrela de Madureira" sobreviveu porque Roberto Ribeiro descumpriu a norma não escrita de não gravar sambas-enredos que sucumbiram ao mata-mata da disputa. Outros tantos, em tantas escolas, apagaram-se. Uma biografia de poucos meses, entre a gênese e a recusa do corpo de jurados.

Gosto de pensar que há um lugar no qual esses sambas mortos estão guardados. Um depósito onde versos e melodias que não vingaram, enfim, se realizam em toda a potência. E que excede a música. Lá está o gol de Pelé, na Copa de 70, após o drible da vaca no uruguaio Mazurkiewicz. O título de Joãosinho Trinta com seus mendigos. A palavra que faltou, o beijo que, certo dia, hesitamos em dar. É um castelo assombrado pelo quase. Mas feliz.

Nota zero para "Heróis da liberdade"

Lalalalaiá, lalalalaiá. Na melodia que se alonga à primeira e à última sílaba, precedendo a "maravilha de cenário", a identificação vem de imediato. É "Aquarela brasileira", samba-enredo levado à Avenida originalmente em 1964 — e reeditado em 2004 — pelo Império Serrano.

Talvez a composição mais popular de Silas Oliveira de Assunção.

Nascido nas ruas próximas ao morro da Serrinha, em Madureira, Silas foi o quinto filho do professor e pastor evangélico José Mario de Assumpção. O Oliveira que se notabilizaria no sobrenome veio da mãe, Jordalina. Uma biografia cujo capítulo derradeiro, em 1972, tem o impacto de um infarto fulminante.

Muito se pode falar sobre Silas de Oliveira. É fundador do Império Serrano, uma das referências essenciais da nossa cultura. É autor de alguns dos mais geniais sambas-enredos já compostos, como "Os cinco bailes da História do Rio", parceria com Dona Ivone Lara e Bacalhau, e "Pernambuco, Leão do Norte". Foi, aliás, responsável pela formatação do gênero.

Nas oportunidades em que se dedicou aos chamados sambas de terreiro, brilhou igualmente. Basta lembramos de "Amor aventureiro", concebido na forma de poema lírico. "Não, não deixes que a tentação / E a malícia / Venham seduzir meu coração / Nem arrebatar a minh'alma / Que aí perdida toda calma / Eu leve com unção / A criatura à perdição", dizem os versos que se tornariam sucesso na voz de Roberto Ribeiro.

Por quatorze carnavais, o Império cantou sambas-enredo de Silas. Mas o episódio que quero contar refere-se a apenas um deles: "Heróis da liberdade". Meu preferido entre as tantas joias da coroa daquele que, por sua importância capital na gênese da escola, é conhecido como "o Viga-Mestre".

O Império se preparava para o desfile de 1969. O enredo estabelecia um claro contraponto ao autoritarismo da ditadura militar, ao saudar a liberdade a partir de marcos históricos, como a Inconfidência Mineira, a luta pela abolição da escravatura e a independência do Brasil. Na letra de Silas, a liberdade é uma "brisa que a juventude afaga" e que "o ódio não apaga", apesar de todos os pesares.

Naquele ano, o presidente da escola, Sebastião Molequinho, decidiu instituir uma inovação quanto ao sistema de escolha do samba. Incumbiu a Ala de Compositores de fazer o primeiro corte. Ou seja, uma espécie de triagem, na qual seriam conferidas notas, com a eliminação prévia dos hinos que não tivessem qualidade para ir à final.

"Quando abrimos os envelopes com referência ao "Heróis da liberdade", era zero, zero, zero, o próprio Silas! (...) Deu nota um ao samba dele", relata Molequinho, em depoimento registrado por Marília Barboza e Arthur de Oliveira Filho no livro *Silas de Oliveira — Do jongo ao samba-enredo*.

Silas ganhara consecutivamente os últimos cinco concursos e os demais compositores não fizeram a menor questão de esconder a antipatia. Carregaram nas notas. Para piorar, Mano Décio da Viola e Manoel Ferreira, que também assinavam o samba, estavam ausentes no dia da avaliação.

Mas o presidente escutara o hino, sabia de sua excepcionalidade. E logo sacou a artimanha. O que fez? Determinou que todas composições inscritas fossem levadas à decisão. Na quadra, não teve para ninguém.

Graças à pronta ação de Molequinho, "Heróis da liberdade" chegou ao desfile e até hoje é cantado ao longo do país.

Na época, contudo, causou problemas a Silas. O governo militar, no auge da política repressiva, não gostou nem um pouco da ousada crítica à tirania. Como revela a pesquisadora Rachel Valença em *Serra, Serrinha, Serrano*, Silas e Mano Décio chegaram a ser chamados no Departamento de Ordem Política e Social para prestar esclarecimentos sobre o teor samba.

No Dops, instado por um tal general França sobre o "teor subversivo" do samba, o ex-soldado Silas de Oliveira responderia:

— Não tenho culpa de retratar a História. Não fui eu que a escrevi.

A nobre arte de ouvir

Joe Gould, um "homenzinho alegre e macilento", era figura fácil nos bares mais ordinários do Village nova-iorquino nos anos 1940 e 1950. Gabava-se de ser o último dos boêmios e a maior autoridade dos EUA em privação: "Vivo de ar, auto-estima, guimba de cigarro, café de caubói, sanduíche de ovo frito e catchup".

Gould foi objeto de dois perfis feitos pelo jornalista Joseph Mitchell, com um hiato de 22 anos, para a *New Yorker*. Talvez só mesmo uma revista desse quilate pudesse bancar a demora que Mitchell, em geral, levava para apurar, redigir e burilar suas matérias. Foram meses e meses de conversas com Gould até que finalizasse, por exemplo, o primeiro perfil.

Mas o personagem não chamaria a especial atenção de Mitchell caso fosse apenas mais um dos boêmios que vagavam pelas ruas — as de lá, como as daqui. Gould descendia de uma família de médicos, formou-se em Harvard, estudou a eugenia dos índios americanos e trabalhou como jornalista. Cheio de si, apesar da sujeira e da aparência desleixada, dormia em estações de metrô e albergues baratos. Para se proteger do frio rigoroso do inverno, valia-se de folhas de jornais entre as roupas.

Mesmo nesses momentos exalava esnobismo:

— "Só uso o *Times*".

O malandro do Gould assumiu uma missão quixotesca: escrever a *História oral de nossa época*, reunindo em dezenas de volumes conversas travadas dia após dia com desvalidos como ele. Nas palavras de Mitchell, um "repositório de tagarelice, uma coletânea de disparates, mexericos, embromações, baboseiras, despautérios", cuja ideia surgira num dia prosaico. Ao passar por um sebo, Gould esbarrou numa coletânea de contos em cujo prefácio W.B. Yeats observava: "A história de uma nação não está nos parlamentos e nos campos de batalha, mas no que as pessoas dizem umas às outras em dias de feira e em dias de festa, e na maneira como trabalham a terra, como discutem, como fazem romaria".

Foi o que bastou para que decidisse a partir de então dedicar todo o tempo a colher informações necessárias ao monumental livro. Sem emprego fixo, custeava suas despesas mínimas pedindo contribuições pelos bares, em nome de um tal "Fundo Joe Gould". Tinha o cuidado de detalhar seus nobres propósitos. Entre os colaboradores, além de bêbados anônimos e turistas curiosos, constavam nomes como o de e.e.cummings, que chegou a lhe dedicar um poema.

A *História oral*, segundo cálculos do próprio Gould, alcançaria nove milhões de palavras, escritas por extenso em papéis manchados de gordura, cerveja e café que seriam guardados na casa de amigos e numa granja em Long Island. Ele adorava falar sobre o livro, que incluía ensaios autobiográficos e estudos falsamente científicos, como o que ironiza a fixação da sociedade americana por estatísticas, relacionando o consumo de tomates por engenheiros ferroviários ao aumento do número de acidentes de trem. Gould costumava invadir as concorridas festas no Village, onde, após alguns copos de cerveja, punha-se a recitar poemas e trechos da *História oral*. Quando alguém tentava classificá-lo de exibicionista, revelava outro de seus mais marcantes traços: o sarcasmo. Que era expresso, sobretudo, em público.

Graças à franqueza, ganhou muitos desafetos no meio artístico e intelectual nova-iorquino. Debochava dos colegas poetas, de religiosos e pintores ditos de vanguarda. Certa vez, insistiu para participar do sarau de respeitada sociedade literária, que promovia a Noite da Poesia Religiosa e sempre lhe negara entrada. Pediu licença para ler "Minha religião", de sua autoria. Diante da concordância, disparou: "No inverno sou budista / E no verão sou nudista". Na Noite da Poesia da Natureza, implorou para declamar outro texto, "A Gaivota". Saltou, então, da cadeira, sacudindo os braços e gritando:

— "Sriiic! Scriic! Scriic!".

Quando a atuação era criticada, dava na canela. "Se minha informalidade a leva a pensar que sou um bêbado bobo, atenha-se firmemente a essa convicção, atenha-se firmemente, atenha-se firmemente, e mostre sua ignorância", disse à jovem que censurou uma de suas performances.

Para elaborar os dois perfis, Mitchell conheceu-o em diferentes estados: sóbrio, bêbado, depressivo, radiante. Foi mais ouvinte do que interlocutor. E criou certa intimidade, tentando captar, também por meio do universo em que estava imerso, um retrato preciso e complexo de Gould.

A interseção entre autor e personagem talvez se exprima nesse anseio. Tanto um quanto o outro, cada qual a seu modo, desejou escutar o mundo — e registrá-lo. Fazer, da vida, uma peleja contra o esquecimento. Mas curiosamente *A história oral de nossa época* nunca foi concluída. E após a impressão do segundo perfil, passados sete anos da morte de Gould num hospital psiquiátrico, Mitchell não publicou mais uma linha sequer.

Malabares e laptops

Duas da manhã e ainda havia bastante gente no Mourisco, aguardando a apuração das eleições para a presidência do Botafogo Futebol e Regatas. Membros das chapas concorrentes e alvinegros em geral especulavam sobre quem seria o vencedor, possíveis mudanças, as dívidas, os reforços para o ano seguinte. Eis que pinta na área um rapaz de cabelos longos, dois malabares nas mãos e uma acanhada mochila nas costas. Ao ver tantas pessoas concentradas no mesmo lugar àquela altura da noite, ele pergunta ao PM que faz a segurança do pleito o que está acontecendo.

— Eleição do Botafogo — o policial responde, lacônico.

O moço olha para o suntuoso prédio, olha novamente para o grupo que se reúne do lado de fora e decide, então, entrar no clube.

Vinte minutos depois, está de volta. Sob o braço esquerdo, os malabares. Sob o outro, dois laptops.

Ao vê-lo tomar a direção da rua, o PM se aproxima.

— Cidadão, vem aqui um minutinho. Quero te falar uma coisa.

— Tenho que ir para casa, está tarde — e o rapaz continua andando.

— Para aí, cidadão. É papo reto.

Mão sobre o ombro do rapaz, o policial questiona a propriedade dos laptops.

— São meus. Um é do trabalho e o outro, da faculdade.

— Você tem um para o trabalho e outro para a faculdade?

— Isso.

— Um para o trabalho e outro para a faculdade — repete, agora sem interrogação.

O rapaz assente. Na sequência, conta que estava até há pouco estudando na Unirio, bem próximo à sede do Botafogo, mas não dá detalhes sobre que aula teria às duas da matina. O diálogo é interrompido por um berro.

— Meu laptop!

É um repórter esportivo, que se aproxima, esbaforido, e de pronto manifesta sua indignação.

— Ladrão! Filho da puta!

Prevendo as consequências do encontro, o PM se imiscui entre os dois para impedir que o rapaz seja agredido. Uma confusão se forma.

— Não roubei nada, não sou ladrão. Isso é absurdo, abuso de autoridade — o rapaz tenta se justificar. Esquecendo por alguns minutos a eleição, os alvinegros se aproximam.

— Não? Os dois laptops são seus?

— São meus.

— Então liga aí e coloca a senha.

O rapaz olha para o laptop, fica em silêncio por alguns segundos, pousa os malabares no chão, coça o cotovelo esquerdo, e enfim diz:

— É que é novo.

— Quer saber? Senha é o cacete. Não vai colocar porra de senha nenhuma. Vamos para a viatura.

Ante a recusa do moço, que passa a gritar a suposta inocência e acaba atraindo ainda mais gente, o policial retoma a conversa. Agora há uma pequena aglomeração no entorno.

— Você passou por aqui e entrou no clube sem carregar nenhum laptop. Só os malabares e essa mochilinha. Agora, aparece com dois laptops. Pode me dizer como foram parar debaixo do seu braço? Voando?

— Isso realmente eu não sei lhe informar — respondeu o rapaz.

Foram, todos, para a delegacia.

Centenária e encantada

A história de Maria de Lourdes Mendes, nascida em 30 de dezembro de 1920, é um reflexo da diáspora africana. Sua avó fora escravizada na casa grande de uma fazenda em Minas Gerais e a mãe, Etelvina de Oliveira, acabou migrando para o Rio de Janeiro. Naquele ano de 1910, Madureira era uma área rural, remontava às lavouras mineiras. Foi ali, mais especificamente no Morro da Serrinha, que Etelvina se estabeleceu e deu à luz quatorze filhos. Entre eles, Maria.

Quando pequena, ela costumava dormir sob o acalanto da voz da mãe. Etelvina ninava a filha com cantigas trazidas de Minas. "Minha mãe dizia que os escravos dançavam aquelas músicas na senzala", lembraria muitos anos depois, quando a menina já se transformara em Tia e a herança, em alcunha.

Símbolo da cultura jongueira e, como se não bastasse, fundadora do Império Serrano, escola na qual desfilou até seus últimos dias, Tia Maria do Jongo completaria 100 anos em 2020. É uma heroína legítima num país de tantos falsos heróis. Foi graças a mulheres como ela que o saber vindo da África resistiu às tentativas — reiteradas — de apagamento.

Gênero anterior ao samba, o jongo chegou ao Brasil dentro dos navios negreiros. Fincou suas bases sobretudo pelas mãos de pretos oriundos do Congo-Angola, que vieram trabalhar, sob a tira do chicote, na região do Vale do Paraíba, entre o Rio, Minas Gerais e São Paulo. Desde 2005, é considerado patrimônio imaterial do Brasil.

Seus pontos são cantados no ritmo dos atabaques, a partir de formação em roda, ao centro da qual se desenrola a dança. A umbigada é uma das principais marcas coreográficas: os dançarinos se aproximam, com os braços para o alto, como se fossem encostar suas barrigas. Ao menos nos pontos firmados em território brasileiro, os versos evocam os padecimentos do povo preto sob a escravidão, além de temas da natureza e da religiosidade. "Quando você bate um jongo, o espírito dos escravos está ali", afirmou Tia Maria em entrevista ao jornalista Aydano André Motta.

Por várias décadas, as rodas de jongo foram vedadas às crianças. A própria Tia Maria, quando garota, só podia assistir aos encontros graças a uma pequena artimanha. Havia um buraco na parede de taipa de sua casa. Por ali, ela e as amigas vislumbravam o terreiro que ficava defronte, no quintal de Vovó Maria Joana Rezadeira. O fascínio pela dança proibida reiterava o gene festeiro da família. Se a mãe lhe transmitira o gosto pelo jongo, o pai não ficou atrás. Francisco de Oliveira, que ganhava a vida como gari, comandava um bloco carnavalesco no bairro.

Em 1970, Vovó Maria Joana e seu filho Darcy criaram o grupo Jongo da Serrinha. Pelas peculiares características — certo isolamento das áreas mais urbanas, o clima de roça —, o morro conseguira até aquele momento manter o último núcleo jongueiro carioca. "Mas como será depois que os mais velhos morrerem?", questionava-se Vovó Maria Joana. Ela então propôs o fim da regra não escrita que restringia o acesso dos jovens às rodas.

A preocupação com a preservação dos códigos procedentes da África e transmitidos por pelo menos três gerações redundou, em 2000, na criação da ONG Grupo Cultural Jongo da Serrinha. Tia Maria assumiu a missão iniciada por Vovó Maria Joana e

Mestre Darcy, trabalhando dia após dia para assegurar o vigor da histórica expressão artística e sua imersão na comunidade. A Escola do Jongo, fundada um ano depois, oferece oficinas voltadas aos moradores da Serrinha e das localidades próximas. Em outras frentes, promove aulas de capoeira, violão, percussão, literatura e dança popular. Essas atividades, transitoriamente online em razão da pandemia, possibilitam o contato direto de crianças e adolescentes com a cultura daqueles que os precederam, reforçam o senso de pertencimento e, em paralelo, abrem portas para a educação formal e a profissionalização.

Desde 2016, escola funciona dentro na Casa do Jongo, bem estruturado imóvel de 1700 m² que abriga ainda a memorabilia da dança. Estão lá, por exemplo, o chapéu panamá de Mestre Darcy e vestidos de Vovó Maria Joana. A conquista do espaço — localizado na Rua Compositor Silas de Oliveira, uma das vias de acesso à Serrinha — teve participação decisiva de Tia Maria. Vizinha do terreno onde havia até então um galpão abandonado, foi ela quem teve a ideia de transformá-lo em centro cultural.

Na Casa do Jongo, em 30 de dezembro de 2018, celebramos seus 98 anos. A comemoração reuniu parentes, amigos, o pessoal do Império, a meninada da Escola, jongueiros de outras cidades. Naquela tarde tão feliz, a memória foi tratada como matéria viva. A cada passo do "tabiado", a cada refrão cantado em coro, a ancestralidade se assentava no presente e apontava o futuro. Em dado momento — toda vestida de verde, os pés descalços —, Tia Maria entrou na roda. "Nasci com o jongo e vou com ele até o final, só paro de jongar quando Deus quiser", ela gostava de repetir.

Não imaginávamos que seria seu último aniversário. No ano seguinte, emblematicamente na própria Casa do Jongo, Tia Maria se sentiu mal. Como dizem os do santo, foi oló. Mas continua a dançar. Na saia florida da menina que gira ao centro do terreiro, no toque dos dedos sobre o tambor, no remoinho da baiana que atravessa a Avenida com o Império Serrano. Tem gente que não morre, se encanta.

Bala e balé

A primeira vez que subi uma favela foi ainda na infância. Todo dia 1º de maio, acompanhava meu tio-avô Chico na escalada dos 366 degraus que levam da Rua Alves à Capela de São José da Pedra, no alto do Morro de São José, em Madureira. O pessoal do bairro jura que é um nível a mais do que na escadaria da Igreja da Penha, mas a famosa coirmã conta, na verdade, com 382 degraus. Lenda urbana, portanto.

Fundada em 1937, a capela guarda uma história curiosa. Sua origem remonta a mais de quarenta anos antes, quando três caçadores — vale lembrar que Madureira era uma região rural — teriam encontrado uma efígie de São José sobre uma pedra e erguido, ali, um pequeno altar. Conta-se que a imagem do santo insistiu em aparecer na área e, impressionado, o dono do terreno permitiu a construção da capela. Ele se chamava José Francisco Lisboa.

Embora mais conhecido pelos residentes do subúrbio, o santuário do Morro de São José virou tema de um samba gravado por Zeca Pagodinho. "Tua capela é tão bela / Enfeita o morro / Mas quem te pede socorro / Não é só quem vive lá", dizem os versos escritos em parceria com Beto Sem Braço.

Nos muitos anos em que bati ponto na festa do 1º de maio, a cena era essa mesmo. Moradores das partes mais abonadas do bairro fazendo suas preces e seus agradecimentos lado a lado com a turma que habitava o morro.

Um dia meu tio-avô avisou que não poderíamos cumprir nosso rito anual. Omitiu o real motivo, preferiu recorrer a uma desculpa qualquer. Não demoraria até que eu descobrisse: o bicho estava pegando no São José. E nunca mais subimos suas escadas.

A cisão que se deu, nesse momento, espelhava em caráter particular uma dimensão global. Como viria a entender com o passar do tempo, o Rio de Janeiro é cidade que não se conhece, nem tem o menor interesse nisso. Se já teve, perdeu. E o desconhecimento se transforma em medo na rapidez com que se aperta um gatilho. Quando a favela só nos chega com a estampa do armamento pesado, ou da droga que é a turma do asfalto que majoritariamente consome, não há espaço para modulações.

Desde 2017, desenvolvo um projeto do Complexo da Maré, ao lado da jornalista e curadora de arte Daniela Name. O Complexo fica às margens da Avenida Brasil e reúne dezesseis favelas. Nosso trabalho tem duas frentes. A primeira é ajudar a equipar a Biblioteca Lima Barreto, que atende os moradores. A segunda, promover aulas abertas sobre os livros que cairão na prova da Uerj, a universidade mais procurada pelos alunos do pré-vestibular comunitário.

Na ocasião em que aconteceria a aula sobre *Dom Casmurro*, fui acordado com a notícia de que o chefe do tráfico da Rocinha — outro enorme conjunto de favelas do Rio — estava escondido na Maré. Havia, consequentemente, uma ocupação policial na área. Assim que recebemos a notícia, telefonamos para as coordenadoras do curso, querendo saber se a atividade poderia ser realizada. Elas responderam que sim, já que a ocupação se encerraria ainda no início da tarde e a possibilidade de um conflito entre polícia e tráfico era mínima. Comuniquei à professora convidada.

Ela jamais havia pisado numa favela e se mostrava bastante apreensiva. Combinamos, então, que eu a acompanharia na chegada à Maré. A presença do tráfico, apesar de a polícia já não ocupar as ruas, estava realmente pesada naquele dia. Nunca havia visto tantos soldados e tantas armas nas vias de entrada do Complexo. De braços dados com a professora, caminhei até o Centro de Artes, onde a aula aconteceria, tentando ao longo de todo o trajeto deixá-la menos tensa. Mas eu próprio estava apreensivo.

Já na entrada do galpão, fomos tomados pela música vinda de dentro. Um tema clássico, em alto volume. Logo veríamos que embalava os passos de balé de vinte ou trinta meninas. Todas pretas. Elas dançavam, concentradas, felizes, alheias ao cenário externo. Aquelas meninas tocavam suas vidas. Apesar da falta de grana e de assistência do poder público, apesar da opressão da polícia, do tráfico ou da milícia. Apesar de.

Recolhido no banheiro, derramei algumas lágrimas em silêncio. Os nomes de Bentinho, Capitu e Dona Glória logo ecoariam pelo Centro de Artes, mais de cem pré-vestibulandos a debater com verve e inteligência o romance de Machado de Assis. Sem topar a silhueta que o olhar de fora costumava legar, pegando o destino com as próprias mãos. "É nós", eles diziam sem precisar dizer.

O crítico Antonio Candido escreveu que, na gênese, a obra de Machado se assenta sobre a questão da identidade. "Quem sou eu? O que sou eu? Em que medida eu só existo por meio dos outros?". Pega a visão: é justamente disso que estamos falando aqui.

Cabelo novo

Chegamos à Cinelândia às 9h03. Às 9h05, abrimos a primeira cerveja. De muitas. A estação do metrô cuspia gente na praça, que logo estaria tomada. Em meio à multidão, eu, Manu, Hilda, o Primo da Hilda, o Chefe da Hilda. A ideia de ir ao Bola Preta depois de muito tempo nascera no dia anterior. Ligação pra lá, ligação pra cá, você fala com fulano, eu falo com sicrano — não havia Whatsapp à época e mesmo a internet era um tanto incipiente. Tudo ao telefone mesmo.

Manu não conhecia a Hilda, eu não conhecia o Primo e o Chefe. Em poucos minutos entre latas de Brahma, éramos todos íntimos. Aquela familiaridade súbita que o álcool, quando se junta com o carnaval, desenha no ar como voo de serpentina. Acesa e fugaz.

O carro de som logo apareceu. Era o núcleo em torno do qual as centenas de milhares de pessoas ali reunidas iriam se amoldar, aos poucos. Nós, inclusive.

"Ó, jardineira, por que estás tão triste / Mas o que foi que te aconteceu?", os versos da marchinha ditavam o ritmo e, espremidos entre duas fileiras de índios, colombinas, palhaços, borboletas, presidiários, camisas brancas, bolas pretas, passamos a ser conduzidos. Já não havia autonomia no movimento. Íamos pra frente se assim aquela massa compacta o determinasse. Parávamos por alguns segundos se essa fosse a sua vontade. O Bola Preta tornara-se, então, um deus onipotente.

Outras marchas se sucederiam, e sambas-enredo, e mais marchas. Em dado momento, Hilda quis ir ao banheiro. Não tinha nenhum por perto. Ela nos deixou por dez ou quinze minutos. Na volta, contaria, orgulhosa, que se agachou dentro de um banco 24 horas e fez xixi lá mesmo, com direito a privacidade e fresquinho do ar-condicionado. As câmeras de segurança?, perguntei. Mas o Bola Preta nos tragou, sem tempo para resposta. Bloco que segue, como a vida.

Até que a máscara negra saudada por Zé Keti deu a senha: "Vou beijar-te agora / Não me leve a mal / Hoje é carnaval". O instante em que a folia assenta afeto e libido na mesma marcação, surdo e metais soando como uma coisa só, inseparável. Os corpos se tocavam, suor no suor. Mas o beijo não veio. Dispersão.

A fome, sim, viria. E nos levou ao Nova Capela.

Entre chopes e o cabrito com arroz de brócolis, alguém lembrou: tem Fla x Flu agora. Lá fomos nós, rumo ao Maracanã. Cada qual de um lado da torcida, para no fim festejar o morno empate com um mergulho conjunto — e seminu — na Praia do Leme.

A chuva, a essa altura, já se precipitara sobre a cidade. Pingos grossos e gelados. "No Cervantes não chove", disse a Hilda. Foi quando começaram as deserções. Manu, exausta, seguiu para casa. O cansaço pesava nos rostos, mas era preciso mais. Um pouco mais. "Vamos para o Bip Bip?", sugeri.

Fomos. Eu, a Hilda, o Primo. O Chefe se despediu brevemente, garantindo que nos encontraria lá. Sumiu.

Após atravessar Copacabana, os restos do primeiro dia de carnaval traduzidos no sono de um pirata à beira da calçada, no desalinho na maquiagem da travesti, no poste vomitado, chegamos ao Bip. A roda reunia os de sempre. Cantamos sambas tristes, talvez para lembrar que as palavras alegria e euforia até podem rimar, mas não são necessariamente sinônimas. Nada de o Chefe aparecer.

Já era a hora de fechar as contas, baixar a porta de ferro — do bar e do portal aberto, ainda de manhã cedo, entre as pedras portuguesas da Cinelândia. "Deve ter desistido", comentou a Hilda. Ajudamos a arrumar as cadeiras, pedimos a saideira ao Alfredinho.

— Cheguei! — um grito agudo interrompeu a conversa.

Com um chapéu de folha de bananeira sobre a cabeça, o Chefe anunciava sua reestreia.

— Que porra de chapéu é esse? — indagamos, às gargalhadas.

Ele notara, ainda no Cervantes, que o cabelo estava esquisito depois do banho de mar. Ao passar por um camelô, resolveu comprar o tal chapéu.

— E onde você se meteu esse tempo todo?

Não satisfeito com a solução, acabou por descobrir um salão que costuma servir às prostitutas do bairro em turno preferencial, a madrugada. Corte masculino em promoção. Imperdível.

O Bip fechou e decidimos nos recolher, para não queimar a largada do carnaval.

— Boitatá amanhã? — alguém propôs.

— Ou praia?

— A gente se telefona.

No táxi, enquanto o motorista reclamava dos blocos, do trânsito, dos bêbados, só conseguia pensar no Chefe chegando em casa e encontrando a mulher.

— O que diabos aconteceu com seu cabelo?

— Foi o Bola Preta, meu amor.

Cabelo novo

Realejos

Foi em Bruges, na Bélgica, que depois de muitos anos vi um realejo. A turma mais jovem talvez não saiba o que é. Explico: uma caixinha de música que funciona a partir da manivela girada continuamente. Quando me deparei com o realejo belga, que soava extemporâneo mesmo numa cidade de arquitetura antiquíssima, lembrei de uma conversa travada com os colegas de trabalho algumas semanas antes das férias. Falávamos de tocadores de realejo e de outras profissões que começam a se apagar na memória: amoladores de facas, sapateiros, funileiros, tintureiros, fotógrafos lambe-lambe.

Na gaveta confusa que é o imaginário, guardo essas figuras no mesmo nicho dos personagens de circo, embora os circos ainda estejam por aí. Lá estão palhaços, domadores de leão, equilibristas, tipos que parecem igualmente estranhos ao presente, como um arcaísmo que persistiu.

E os mágicos. Quando garoto, eu tinha mágicas que o pai comprava, depois de eu encher sua paciência, num quiosque do Centro da cidade.

Guardava-as numa maleta preta, tipo 007, que costumava carregar para as apresentações mambembes que fazíamos, eu, meu primo André e mais dois ou três amigos, nas festinhas infantis de Madureira. Levava jeito para a coisa.

No realejo de Bruges, há um pequeno passarinho. A ele, cabe escolher e retirar, com o bico, o papelzinho onde consta a "sorte" de quem quer conhecer o próprio destino. Curioso: uma engrenagem do passado que pretende ver o futuro.

Talvez mágicos e realejos estejam fora de moda porque perdemos algo de nossa inocência. Já não há tanta surpresa em se tirar água de um jornal, em fazer uma carta mudar de lugar ou sumir com um lenço entre os dedos. O encanto perdeu a patente e virou mero truque. Déjà vu.

Tampouco passarinhos predizendo o futuro são capazes de cativar. Estamos vacinados contra a ingenuidade, cheios de certezas e ceticismo. A música do realejo chega a irritar em sua candura. Enjoa de tão doce.

Muita gente fotografa o realejo de Bruges, mas ninguém se aproxima. O passarinho descansa, preso na gaiola, enquanto o homem de chapéu gira a manivela, com expressão de tédio. Ao lado, uma mulher compõe a cena. Que parece coberta por um verniz envelhecido, já quase fosco.

Vento

O dia estava quente, uma temperatura nada estranha ao inverno próprio do Rio de Janeiro. A pele, tomada pela película de suor. De repente o sopro forte bateu no meu rosto.

Um vento súbito.

Eu cruzava a Avenida Rio Branco, repleta de gente. Táxis e ônibus engarrafados numa fila barulhenta e as pessoas voltando aos escritórios após o almoço. A algazarra das buzinas arranhava a sinfonia que toda grande cidade encerra com seus barulhos, o som das ruas.

"Vento encanado", diriam minhas tias-avós lá no subúrbio. "Cuidado com o vento encanado", alertavam. "É a pior coisa para dar resfriado". Eu nunca soube definir um vento encanado, embora saiba perfeitamente identificá-lo.

Mas aquele da Rio Branco não era um vento encanado. A amplidão da avenida não permitiria. Foi um vento amplo, espalhado, que varreu o Centro num átimo, talvez vindo do mar. Do mar aterrado que virou parque, e passarela, e museu. Estranho lembrar disso quando se caminha por ali, pisando no que foi água.

O vento não transportava areia, não arranhava. Era uma onda seca.

Brisas podem trazer conforto ou prenúncios, ensinam os afeitos a símbolos. Algo ruim vem por aí, quem sabe? Espantam a sujeira, profetizam dilúvios, delícia e dor numa mesma frase. Mas eu só pensava, naquele instante, nos restos da cidade que o vento carregara.

Se havia tocado o peixe morto que jazia à beira da Lagoa Rodrigo de Freitas. As sepulturas do São João Batista, repletas de flores tristes, e o gás carbônico dos túneis. Se lambera o chorume escorrido das lixeiras cor de laranja. Os mendigos da Glória, a fumaça do crack, a imundície dos Arcos da Lapa, as árvores do Passeio Público.

Não era um vento inocente, aquele. Tinha um peso qualquer, como se a lufada carreasse um pouco de cada coisa, cada pessoa, por quem passou.

A moça segurou a barra da saia, o chapéu do guarda caiu no chão, jornais e pequenos papéis anunciando a compra de ouro plainavam sobre a Rio Branco. O rapaz ao meu lado abriu a camisa e disse, num esgar: "Maçarico do cacete".

Em poucos instantes tudo retornaria, o calor, a pressa, o alarido. A moça bateu com as mãos na saia, como se a limpasse, e ajeitou o cabelo. O guarda, chapéu novamente à cabeça, tentava organizar o tráfego. O rapaz com a camisa aberta sumiu de vista.

Um bilhete de loteria insistia no voo, solitário. E o vento, assim como veio, seguiu viagem.

Baluarte com artigo feminino

Tão característica do universo das escolas de samba, a palavra baluarte continua a ser classificada como substantivo masculino nos dicionários da Língua Portuguesa. Mas Dona Ivone Lara viveu para desdizer os manuais. Impossível pensarmos nos sentidos do termo — seja quando denota fortaleza, seja na conotação de referência ancestral — sem que venha imediatamente à lembrança o nome da cantora e compositora. Sim, a baluarte. Do Império Serrano, do samba, da música de forma irrestrita.

Em 97 anos de vida, Dona Ivone construiu um enredo improvável. Vinda de uma infância pobre e de uma família em que a perspectiva de chegar à universidade não passava de sonho distante, formou-se assistente social e enfermeira. Trabalhou com a médica Nise da Silveira na aplicação das terapias que revolucionaram, na década 1970, o tratamento psiquiátrico. Como artista, experimentou de forma radicalmente íntima o encontro entre popular e erudito que daria contornos singulares à música brasileira.

Dentro de casa, aliás, a música sempre esteve presente. O pai tocava violão de sete cordas, a mãe era pastora de ranchos como o célebre Ameno Resedá. Ainda menina, Ivone estudou canto orfeônico, disciplina que fazia parte do programa da rede municipal. Na Escola Orsina da Fonseca, foi aluna da pianista Lucília Guimarães, esposa do maestro Heitor Villa-Lobos, e da soprano Zaíra de Oliveira, mulher do sambista Donga. "Ia pro colégio interno, via um mundo diferente. Voltava pra casa, via outra coisa. Saía de novo, e mais uma coisa", contou ela à biógrafa Mila Burns, quando indagada sobre o contraste entre o cotidiano familiar e o dia a dia na escola.

A estreia como compositora aconteceria aos doze anos, com "Tiê". A canção teve inspiração no passarinho que os primos mais velhos, Hélio e Fuleiro, lhe deram de presente. Seria mantida no repertório da cantora até os últimos shows. Fuleiro, que mais tarde se notabilizou como mestre de harmonia do Império Serrano, acabaria se transformando num dos principais responsáveis pela trajetória artística de Dona Ivone. Foi ele quem começou a cantar as músicas da prima nas rodas de samba do subúrbio.

Ivone gostava de frequentar essas rodas, ainda que de forma discreta. Uma delas acontecia na casa de seu Alfredo Costa, o comandante da Prazer da Serrinha. Quando um grupo dissidente deixou a agremiação e fundou o Império, em 1947, ela foi junto. Algumas décadas depois, passaria a integrar oficialmente a ala dos compositores da nova escola.

A gravação inaugural, contudo, só veio em 1970. A coletânea *Sambão 70* apresentava também Clementina de Jesus e Roberto Ribeiro. Naquele mesmo período, por sugestão dos produtores Oswaldo Sargentelli e Adelzon Alves, a Yvonne Lara da certidão de nascimento se tornou Dona Ivone Lara. Não sem protesto. "Dona? Pra quê Dona? Não quero isso, não, sou nova, ainda. Não tenho nem cinquenta anos, imaginem!", respondeu aos dois ao ouvir a proposta.

Em 1974, Clara Nunes faria, de "Alvorecer" a música-título de seu novo disco. A parceria de Ivone com Delcio Carvalho teve um bom desempenho nas rádios. Mas o primeiro contato da maior parte das pessoas com a obra da compositora só se daria mesmo quatro anos depois. Foi também o meu caso. Consigo vislumbrar a cena ainda hoje. No quarto da minha irmã Mary, sobre as prateleiras improvisadas com tábuas sobre tijolos envernizados, girava na vitrola o álbum que Maria Bethânia acabara de lançar. A oitava faixa do LP *Álibi* era "Sonho meu", na qual Bethânia dueta com Gal Costa. Mais uma dobradinha de Dona Ivone e Delcio. Com suas estrofes que falam da saudade de alguém que mora longe, a canção confirmava a potência poética da dupla de compositores. "No meu céu, a estrela-guia se perdeu", dizia a letra de Delcio, como que traduzindo a melodia.

Não sei quantas vezes esse LP foi ouvido lá em casa naqueles meses de 1978. O menino de seis anos logo descobriria que uma das autoras da música tão presente no toca-discos era uma "baiana ali do Império Serrano". Pois é: numa casa de Madureira, de uma família intimamente ligada ao bairro, ao seu cotidiano e às suas escolas de samba, a imperiana Ivone chegou por vozes outras.

"Sonho meu" estourou em todo o país e abriu caminho para sua estreia em trabalho solo. *Samba, minha verdade, minha raiz*, lançado em 1978, trazia sambas de terreiro do Império e da Portela, além de oito composições próprias. Seis delas tinham a assinatura Ivone Lara/Delcio Carvalho, que ficaria consagrada como sinônimo de qualidade.

O encontro com Delcio data de 1972, temporada em que Ivone andava abatida com a morte do amigo Silas de Oliveira. Angustiado pela tristeza da companheira, o marido, Oscar, pediu ao jovem letrista que escrevesse alguns versos para ela. Três anos depois, era Oscar quem partia. O abismo parecia se ampliar, poço sem fundo. E o recém instituído parceiro conseguiu, com seu talento, transformar aquela dor funda em poesia. "O Delcio fazia letras tristes porque olhava para mim e sabia o que eu estava querendo dizer com as minhas melodias", comentou certa vez a compositora.

Nos doze álbuns da carreira, Dona Ivone criou uma impressionante sequência de pérolas em forma de canção. "Acreditar", "Minha verdade", "Doces recordações" (com Delcio), "Mas quem disse que eu te esqueço" (com Hermínio Bello de Carvalho), "Enredo do meu samba", 'Tendência" (com Jorge Aragão), "Alguém me avisou". Como se não bastasse, foi a primeira mulher a vencer o concurso de samba-enredo numa grande escola.

E não se trata de um samba qualquer, mas de "Os cinco bailes da História do Rio", o extraordinário hino feito em parceria com Silas de Oliveira e Bacalhau que o Império Serrano levou à Avenida em 1965 e integra sem favor o rol dos maiores de todos os tempos. Em 2012, ela própria viraria enredo do Império. As tais flores em vida.

Sem se encaixar em nenhum dos tipos que o mundo do samba ainda hoje costuma reservar ao gênero feminino — não era 'tia', nem passista, nem musa —, Dona Ivone entortou o destino previamente traçado para uma mulher de sua origem e de sua época. Foi esposa, mãe, enfermeira, assistente social, artista na mais plena acepção do vocábulo. A ponto de nome e ofício se amalgamarem, tornarem-se uma coisa só, como sugere o verso de Nei Lopes e Claudio Jorge. "Ivone Larararaia Lararaia", nossa baluarte. Os dicionários que se virem.

A Bulgária é aqui

Em romance publicado há 41 anos, Campos de Carvalho narra a história de Hilário, pacato morador do bairro da Gávea. Ao visitar o Museu Histórico e Geográfico, na Filadélfia, ele avista um púcaro búlgaro. O espanto diante do vaso não se dá pelo objeto em si, mas por sua atribuída nacionalidade. Hilário simplesmente não crê que a Bulgária exista. Após retornar ao Brasil, ainda obcecado pela dúvida ontológica, decide então organizar uma expedição à Europa para constatar se de fato há o país, ou não.

"Nos dicionários eles lá estão, um e outro, com os seus verbetes — mas isso é fácil, Deus também lá está; queria é vê-los o autor aqui fora, resplandecentes de luz solar e não de luz elétrica ou gás néon, e sem os canhões de Tio Sam para lhes garantir a pucaricidade ou a bulgaricidade", observa.

Hilário poderia, nos dias que correm, trazer sua tresloucada caravana para o Rio de Janeiro. Excursionar por bairros que desapareceram, ou estão em vias de, à procura de vestígios. Bairros como Magno, que ficava onde atualmente está a rebatizada estação Mercadão de Madureira, próximo à quadra do Império Serrano.

Magno resistiu, ainda que apenas como nome de estação de trem, até 2013. Ali perto havia também Dona Clara, localidade que morreu após a desativação da estação homônima, em 1937. As duas paragens datam de uma época em que os bairros ainda não eram oficializados pela prefeitura. Foram englobadas pela grande Madureira, assim como ocorre com Turiaçu, onde se destacavam as pedreiras do Morro do Sapê e a Piraquê, fábrica de biscoitos.

Quando eu era criança e morava nas redondezas, o nome Turiaçu carregava a imagem das linhas de transmissão da Light. Do novo Parque Madureira, é possível vê-las: o emaranhado de torres e fios ligando o presente ao passado, como uma fotografia cujas cores perderam viço.

É tarefa árdua encontrar, hoje, alguém que se diga morador de Turiaçu. Ou do Encantado. Ou de Todos os Santos. Ou de Engenheiro Leal, o pequeno bairro limítrofe entre Madureira, Cascadura e Cavalcante, onde fronteiras se esfarelam. As rotas de ônibus, contudo, insistem em mantê-lo no itinerário. Uma sobrevida.

Já a Aldeia Campista, tão referenciada nos textos de Nelson Rodrigues, sucumbiu. O escritor chegou a morar lá, onde situou livros como *Engraçadinha* e boa parte da série *A vida como ela é*. Na Aldeia Campista, agora anexada à Vila Isabel, localizava-se também a fábrica de tecidos cantada por Noel Rosa em "Três apitos" — hoje, uma filial do supermercado Extra.

Esses bairros se esvaecem espremidos pelo crescimento, e a consequente valorização econômica, das terras vizinhas. Resta-lhes, talvez, o registro dos livros, os verbetes longe da luz solar. Aquilo que vive, vive porque muda, como escreveu Fernando Pessoa. Mas o tempo recolhe tudo em seu regaço.

A casa e o passarinho

O Conde Matarazzo, "homem de muitas fábricas e muitas honras", passeava pelo parque orgulhoso da condecoração que trazia, sob a forma de delicada medalha em ouro, presa por uma fita à lapela do paletó. Então apareceu o passarinho. O bicho deu um rasante, bicou de leve a fita, o suficiente para arrancá-la, e voou, levando embora a medalha do Conde.

"Devo confessar preliminarmente que, entre um Conde e um passarinho, prefiro um passarinho", escreveu Rubem Braga na célebre crônica em que comenta a notícia veiculada — corriam os anos 1930 — pelo *Diário de S. Paulo*. Tive a alegria de reler o texto enquanto viajava para participar da bienal em homenagem ao autor. O evento acontece há mais de uma década em Cachoeiro de Itapemirim (ES), sua cidade natal.

Ao fazer a escolha do passarinho, Rubem distingue um traço peculiar no olhar do cronista. Talvez possamos dizer que o cronista é quem, entre um Conde e um passarinho, torce pelo pequenino bicho de asas e penas.

Em Cachoeiro, tive a oportunidade de visitar a casa em que Rubem morou na infância. Está lá, ainda hoje, a árvore de fruta-pão mencionada em tantas de suas crônicas, embora não mais o jardim que ladeava a construção principal. Na obra de restauração do hoje centro cultural, cimentaram a vegetação. Uma pena.

Foi quando me vi em frente à casa da Rua 25 de Março que Cachoeiro fez sentido. A cidade de construções banais, feias até, tornava-se literária. Subitamente. Imaginei Rubem, os pés descalços ganhando casca no futebol diário em plena rua, aquela mesma onde agora eu pisava. Depois o descanso do menino, os olhos voltados para o Rio Itapemirim, sem a vazante lúgubre de hoje, as tristezas de outra ordem ainda por vir. A água barrenta haveria de chegar, porque sempre chega.

Rubem era cioso de seu universo, e tentou reproduzir Cachoeiro na lendária cobertura de Ipanema. O apartamento tinha horta, pomar, uma profusão de plantas e árvores, o que fez com que ganhasse do amigo Paulo Mendes Campos a alcunha de "fazendeiro do ar".

A área onde fora cultivada a fazenda na verdade não lhe pertencia, era propriedade comum do condomínio, mas o escritor pouco se importava. Na ocasião em que um novo síndico o procurou para reivindicar o espaço, indagando como ele receberia os vizinhos caso quisessem ir até lá, Rubem foi sucinto: "À bala".

Ao revisitar o sobrado de Cachoeiro, muitos anos depois de ter se mudado para o Rio, o cronista debruçou-se à janela e concluiu que toda a vida fora dali fora apenas uma excursão confusa e longa. "Moro aqui", disse. "Onde posso morar senão em minha casa?".

A casa de Rubem, a nossa casa. Que a gente sempre leva no bico, voe para onde voar.

Uma carta para 2065

Querida Lia,

No dia em que escrevo esta carta, 31 de agosto de 2015, os jornais trazem a notícia de que um grupo de jovens, todos negros e pobres, foram grosseiramente revistados quando se dirigiam de ônibus rumo à praia de Copacabana. É inverno, eu sei. Mas o Rio de Janeiro tem a vocação do sol, costuma desorientar as estações. Talvez ainda seja assim agora, no momento em que você, enfim, lê as palavras escritas e guardadas por cinquenta anos, e no qual a cidade completa seu quinto centenário. Essa cidade "bonitinha e má", como bem qualificou, em um samba, o compositor Nei Lopes.

Os meninos vestiam calções do tipo surfista, camisa e chinelos. Nada diferente do traje costumeiro para se ir à praia num dia ensolarado no ano de 2015. A polícia suspeitou deles, pediu documentos, apalpou seus corpos em busca de alguma arma. A alegação era de que se tratava de uma ação preventiva.

Enquanto eu lia a matéria do jornal, sentado à mesa da sala, você dormia em seu carrinho. Quarenta dias após nascer, ainda sentia a troca da placenta pelo ar. A respiração arranhando, o nariz a estudar, num batuque assaz desconjuntado, o ritmo do mundo: inspiração, expiração, inspiração, expiração. Ciclo-contínuo.

Hoje você tem cinquenta anos e eu muito possivelmente já cantei para subir, como dizem os do candomblé. Não posso imaginar que notícias trazem os jornais desse novo tempo. Desconfio, aliás, que os jornais já não existem e os fatos da vida, velozes como os supersônicos de minha época, são reportados em telas finíssimas e curvilíneas. Muito práticas, cabem dentro do bolso.

Quando eu ia à praia, ainda jovem como aqueles garotos da blitz, costumava pegar a linha 701 em Madureira e atravessar os bairros, a caminho da Barra, lendo o jornal. Sonhava um amanhã no qual ajudaria a preencher aquelas páginas que invariavelmente sujavam a mão de quem as manuseava. Elas desenhavam, no decalque mal feito, as linhas do futuro.

Mas os jornais só farão falta aos que, como seu pai, acostumaram-se com eles. As gerações pouco antes da sua, e isso eu pude testemunhar, já se viravam bem com a leitura das notícias via internet. O suporte não importa tanto se o que está dentro presta.

Escrevo tudo isso porque essa cidade onde você vive hoje é filha da cidade onde vivi, assim como você é minha filha. A conexão, embora por vezes silenciosa, insinua-se nos vincos do rosto, nas dobras do pescoço, no modo como ajeita os braços antes de dormir. Na tez da pele, no contorno da paisagem, no emaranhado de construções, na topografia.

Em 2015, a casa onde um dia moramos — eu, seu avô, sua avó, suas tias — é uma clínica médica. Não tenho ideia do que haverá ali, naquele ponto específico da Rua Carvalho de Souza, em 2065. Mas gostaria que você soubesse que, numa fenda qualquer do terreno, está você, em potência. O tempo deles, o meu tempo, o seu tempo. Que, somados, são de alguma forma um só.

Quando eu morava lá, queria que existisse uma livraria no bairro. Mas livrarias eram lojas restritas ao Centro da cidade, ou à Zona Sul. Penso que, assim como os jornais, tampouco há livrarias nos quinhentos anos do Rio. Em área alguma. E aí lhe digo: é pena. Livrarias não são apenas lugares onde se compram livros. São pontos de interseção. Onde falamos sobre livros, claro. Mas igualmente sobre a rodada do futebol, os versos incríveis de uma nova, ou velha, canção. Palavrões, bobagens. E dos amores que se vão e se vêm, como naquele exercício da bebê aprendendo a arrancar oxigênio da atmosfera. Às vezes dói, mas é preciso.

Taí: as livrarias estão entre as coisas que eu adoraria que existissem quando você abrir esta carta.

Que as rodas de samba permaneçam ajudando na purgação das agruras, alegrias, frustrações da gente; que as pipas continuem a cruzar o céu do subúrbio, desenhando linhas coloridas; que o Império Serrano faça bonito no carnaval. E você saiba, como escreveu certo dia um poeta chamado Vicente Huidobro, que em todos os caminhos há estrelas que se perdem, mas caminhos devem ser abertos, sempre.

Não peço tanto mais. Se no Rio de Janeiro, em 2065, jovens negros e pobres puderem ir à praia num dia de sol sem que pese sobre suas costas a sombra da desconfiança, essa já será uma cidade melhor.

Com amor,

Seu pai.

Nota do autor

As frases que dão nome às duas primeiras unidades deste livro foram retiradas, respectivamente, de crônicas de Paulo Mendes Campos ("Dentro da noite") e Rubem Braga ("A borboleta amarela").

Esta obra foi composta em Arno pro light 13, para a Editora Malê e impressa pela RENOVAGRAF, em setembro de 2024.